近江　戦国の女たち

畑　裕子

SUNRISE

近江戦国の女たち

もくじ

第二部　近江戦国の女たち

登場人物をめぐる系図

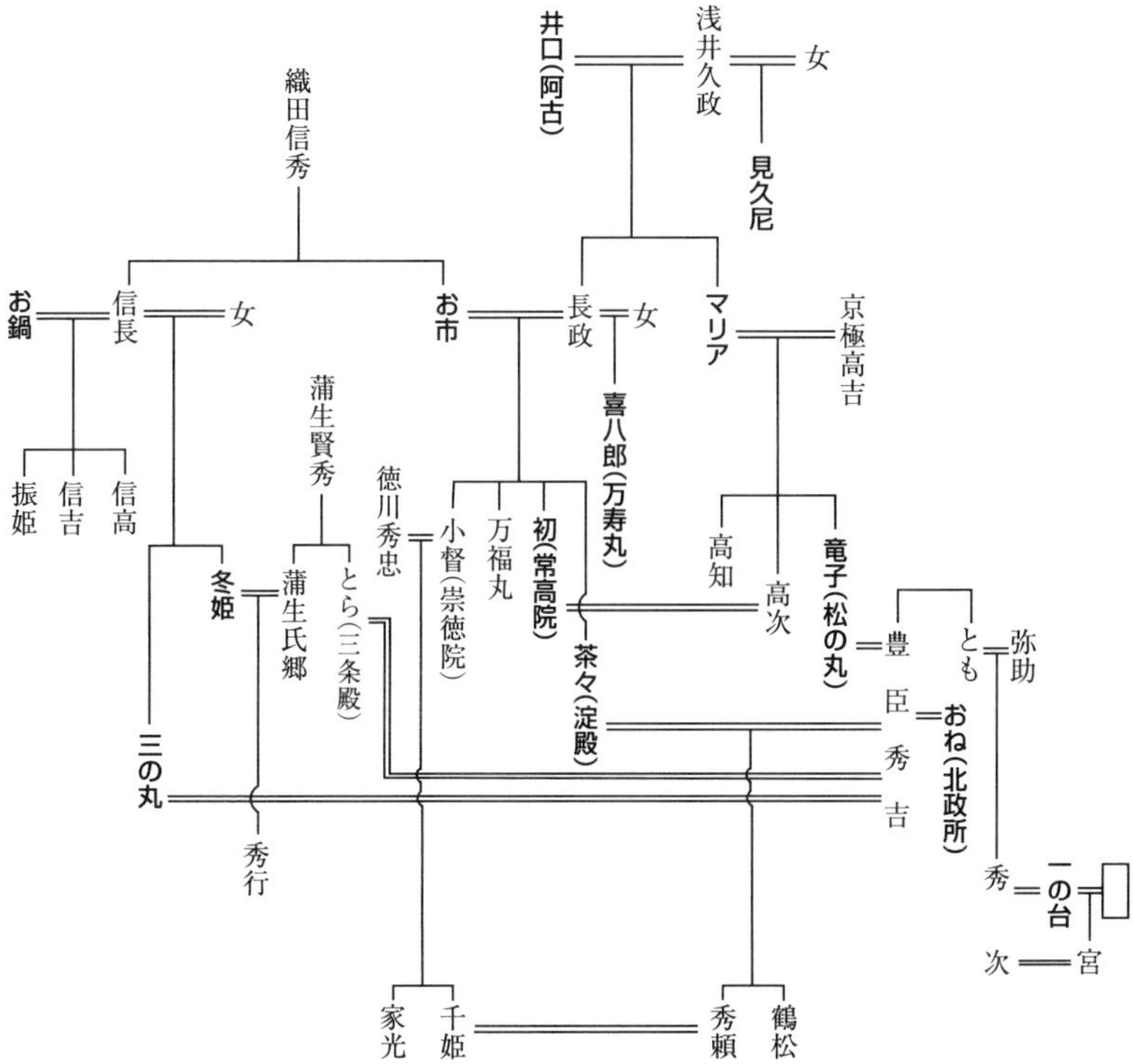
浅井久政
井口(阿古)
女
見久尼
織田信秀
信長
お鍋
女
お市
長政
女
マリア
京極高吉
喜八郎(万寿丸)
振姫
信吉
信高
蒲生賢秀
徳川秀忠
小督(崇徳院)
万福丸
初(常高院)
茶々(淀殿)
高知
高次
竜子(松の丸)
冬姫
蒲生氏郷
とら(三条殿)
三の丸
豊臣秀吉
おね(北政所)
とも
弥助
秀行
秀次
一の台
宮
家光
千姫
秀頼
鶴松

序章

時は織田信長が天下布武を掲げ、各地で戦闘を繰り広げていたころである。信長は尾張を統一すると永禄十一年（一五六八）、足利義昭を奉じて上洛の軍事行動を起こす。従わなかった江南観音寺城の六角承禎《しょうてい》父子は討伐され、伊賀に敗走。近江は信長によって平定されるのである。

同年十月将軍義昭が擁立されるが、誰の目にも傀儡《かいらい》政権であることは明らかであった。小谷《おだに》城主浅井《あざい》長政は信長の妹、お市の方を妻に迎え、信長と同盟関係にあり、勇将として信長から期待されていた。

一方、古くからの浅井の盟友、越前の朝倉義景は信長からのたびたびの上洛命令を無視してきた。怒った信長は元亀元年（一五七〇）四月、ついに朝倉討伐のため京都を発ち越前へ出陣。若狭から敦賀に進み、手筒山城を落とし、金ヶ崎城を攻略。破竹の勢いで朝倉氏の本拠地一乗谷をめざして進んでいたまさにその時、浅井長政謀反の報が入ったのである。

「なに、長政が謀反を。そんなことがあるはずない」信長は即座に信じなかった。それも道理、長政は信長が見込んで大切な妹を嫁がせた信頼すべき武将であった。

長政の離反により信長は撤退を余儀なくされ、京へ戻り近江・伊勢を経て岐阜へ帰城したのである。

長政とて苦悩の末の決断であった。朝倉氏には初代亮政《すけまさ》以来、幾度かの危機を助けられた恩義があったからだ。それに信長と同盟を結ぶ際、「朝倉を攻めない。仮に攻めるようなことがあっても事前に相談する」という約束事が信長との間に取り交わされていたのである。約束を破ったのは信長ではないか。思いつめた長政の目はそう訴えていた。

二ヶ月後の元亀元年六月、織田・徳川の連合軍が江北に押し寄せ、姉川の戦いとなる。浅井・朝倉軍は敗北し、長政は小谷の城を死守する。幸いにも信長軍は小谷城をただちに攻撃することはなかった。それどころか、長政に使者を立て降伏を要請してきたのである。だが、長政は頑として受け入れない。徹底抗戦の決意だった。

しかし生死をかけた戦闘がいずれやってくることは長政も承知の上である。元亀二年、信長の比叡山焼き討ちを見た長政の目に赤々と燃える比叡の山が小谷の城に重なっていった。何にもまして逃げる女や子供までが惨殺されたことは大変な衝撃だった。

天正元年（一五七三）八月、ついにその時がきた。浅井軍を救援するためやってきた朝倉軍は浅井軍と合流できず、越前に向けて敗走。途中、刀根坂で激戦をしたものの朝倉義景は八月十八日、大野郡の山田庄六坊で味方の裏切りもあり自刃、朝倉氏は滅亡する。

ただちに近江に引き返した信長軍は二十六日虎御前山《とらごぜんやま》砦《とりで》に入り、二十七日小谷城の総攻撃にかかる。父久政に続き翌二十八日長政も自刃、浅井氏は滅亡するのである。

浅井喜八郎がこの世に生を受けたのはこうした浅井家存亡の危機迫る真っ只中であった。長政の庶子として生まれ、信長から逃れるために生後まもなく寺に預けられ、その後、数奇な運命を辿る。

庶子ではあっても浅井の血を引いていることには違いがない。男系を断つことに血眼になっていた信長方の目を眩ますには相当の術策が必要であった。そのため喜八郎は名前を変更したり、出家して僧となり、住職として生をまっとうしたなどと寺伝に記されもした。だが、実は喜八郎は還俗《げんぞく》して生き延びていたのである。

幼名を虎千代丸（万寿丸）といった喜八郎は還俗後もいくつか名前が変わる。『徳川実紀』には「浅井備前守長政が庶子と聞こえし周防守政堅」、讃岐の『金刀比羅宮文書』には浅井喜八郎井頼、あるいは浅井周防井頼、『浅井系統一覧』には浅井喜八郎長春。こうした中、「浅井喜八郎井頼」と「浅井周防井頼」の花押《かおう》が一致していることがわかり、ようやく近年浅井喜八郎が正真

喜八郎が潜んでいた福田寺の浅井御殿

正銘の長政の子息であることが証明されたのである。

　女たちの物語になにゆえ、男の喜八郎が先導役として登場するのか、不思議に思われるであろう。が、喜八郎とこの場に登場する近江戦国の女人たちには奇縁としかいいようがない接点が見い出されるのである。あるいは仏の世界から浮上してきた者のみが持つ仏縁ともいえるだろうか。

第一部　浅井家に関わる女たち

喜八郎の還俗のきっかけとなったのは義姉茶々との出会いである。女たちの物語を進めながらおいおい、そのいきさつや境涯にも触れていきたい。

戦国の女人といえば、やはりその筆頭はお市の方であろう。このお方が浅井家に嫁ぐことで浅井氏は滅び、女たちの物語が始まるのである。しかもお市の方と姫たち三姉妹は喜八郎が初めて出会った身内であった。

秋深まったころ、義母お市の方の手紙が江北長沢にある福田寺《ふくでんじ》の万寿丸（喜八郎）のもとに届けられた。「越前の北ノ庄城の柴田勝家に再嫁する途中、寺に立ち寄る」という意が記されていた。天正十年（一五八二）六月、本能寺の変で兄信長が亡くなったこともあり、お市の方も義理の息子に会ってみたいと思ったのだろう。信長の目を恐れることはなくなったとはいえ、当然秘密裏の出会いであった。

「万寿丸殿なんと大きくなられたことか」、お市の方はそう言い、両の手を取り大粒の涙を流した。万寿丸は境遇のおおよそを住職より耳にしていたが、美しい母や姫たちを見て正直とまどっていた。この会見は、表向きは浅井家と深い縁《ゆかり》の福田寺が一時休憩地に選ばれたということであったらしく、お市の方の一行は半刻も経たないうちに発っていった。いや、もう少し長かったのかもしれないが、万寿丸には刻が止まったように思えていた。これがお市の方との最初で最後の出会いになろうとは…。

お市の方

織田信長の妹、お市でございます。わたくしは悲劇のヒロインとか、政略結婚の犠牲者のようにいわれているようですが、ここで後の世の人々にわたくしの真意をご披露したいと思います。

ご承知のようにわたくしは永禄七年（一五六四）江北の雄、小谷城主浅井長政殿に嫁ぎました。兄、信長の命による結婚でしたが、長政殿を一目見たときからわたくしは生涯このお方とご一緒でありたいと願ったものです。

兄上はわたくしを織田家の間諜として敵陣に送り込んだつもりだったのでしょうが、わたくしは長政殿を心から慕っておりました。おおらかで優しい長政殿のお側にいますと、いつのまにかくつろいだ気分になり、緊張感が解れていくのでございます。

桶狭間の戦いで今川義元殿を破り、やがて尾張を統一し、いずれは京に上られるだろう兄上の天才的な戦ぶりをわたくしは確かに尊敬していました。が、わたくしは心中に潜む兄上の非情さをも感じ、心のどこかで恐れていたのです。

嫁いで以来、わたくしは万福丸を頭に、茶々、初、小督、万寿丸と二男三女の母となり、幸せな日々を送っていました。春になるとお館のある清水谷は鶯が競うようにさえずり、芽吹きの香が漂う中、わたくしどもは親子して蕨《わらび》を見つけては歓声をあげ、鶯のさえずりを真似たりしたものです。すると義母の井口殿が「里の者に案内してもらい、蕨取りに連れてあげましょう」と申されました。その蕨取りの日、山の麓で大きなカモシカに出会い、びっくり仰天したものです。

「安心なされ、カモシカは人間より優しい。ご覧なされ、あの無垢な瞳を」

井口殿はそう申され、きょとんとして闖《ちん》入者を見つめているカモシカに「おうおうよくきたことぞ」と話しかけられるのでした。

だが、平和な暮らしも元亀元年（一五七〇）信長殿が越前の朝倉氏を攻撃したことが発端となって破れるのです。

浅井氏と朝倉氏は長政殿の父祖以来盟友関係にあり、長政殿は朝倉氏を攻めないという約束で信長殿と同盟を結んでいました。ところが、兄上がその約束を破られたのです。長政殿はたいそうお苦しみでした。お父上久政殿からは「それみたことか」と詰られ、重臣たちからも責められ、それ以上にわたくしをご覧にな

浅井家に関わる女たち——お市の方

淀殿が亡き父母の追善供養として描かせた母お市の画像（持明院蔵）

る眼がせつなくて、

「どうか、わたくしに遠慮なさらず、ご意志のままになされてください」

と申したものです。

殿は苦渋の末、やむなく織田家と戦う決意をなされたのでした。戦国大名としての誇りと義を重んじられたのです。実家と敵対することになりましたが、わたくしは悔いてはおりません。長政殿は曲がったことの嫌いなお方、わたくしは殿の決断をある程度予想しておりました。

元亀元年四月、信長軍は若狭に侵入し、越前の敦賀に迫って、朝倉影恒殿が守る金ヶ崎城を攻撃。このとき、兄上は少なくとも長政殿は中立の立場をとるとみていたようです。あにはからんや、その長政殿が朝倉方についたのです。わたくしには青筋をたて、激怒する兄上の顔が見えるようでした。

朝倉、浅井に挟みうちにされたことを知った兄上はほうほうのていで朽木街道から京へ出て岐阜へ逃げ帰ったのです。この長政謀反を兄上に報せたのが、わたくしであるとされ、後に、ご丁寧にも「袋の小豆」などと呼ばれる逸話にまで仕立て上げられてしまいました。小豆を入れた袋の両端を縄で縛って陣中見舞いと称して兄上に贈ったというのです。

実家を第一とする武家のならいとはいえ、すでに何人もの子に恵まれ、長政殿

浅井家の城郭　小谷城跡

浅井家の菩提寺長浜徳勝寺の浅井三代の墓

を愛し、幸福に暮らしているわたくしが長政殿を裏切るようなことをするでしょうか。婚家より実家が大切、などと思ったこともございません。

戦国の世のならいでは同盟関係が破れれば妻は実家に送り返されるのが普通でございましたが、わたくしは長政殿の最後の際まで小谷のお城にとどまっておりました。もちろん城内では久政殿を初め重臣の何人かがわたくしを織田家に返すようにと長政殿を説得されていたようです。だが、長政殿は動じることなく、わたくしを守ってくださされたのです。

元亀元年六月、一万八千の浅井・朝倉軍は三万四千の織田・徳川連合軍と姉川周辺で激突し、はじめは我が軍が優勢であったようです。が、朝倉軍が壊滅したため大敗を喫してしまったのです。辺りはむろん、姉川が血で染まったという報告を受け、胸が締めつけられ、お城にいても生きた心地がせず、ひたすら長政殿の無事を願うばかりでございます。

勝者となった兄上は再三、長政殿に降伏するようにと使者を向けられましたが、長政殿は応じられません。わたくしに対する城内の者の視線は日増しに厳しくなっていきました。そんな中、長政殿は今まで以上にわたくしを思いやり、また姑の井口殿も何かにつけてわたくしをかばってくださされたのです。

天正元年（一五七三）八月二十七日、朝倉氏を滅ぼした信長殿はついに小谷城の総攻撃をかけてきました。戦火のどよめきが聞こえてくる中、わたくしは子らを抱き締め、ひたすら長政殿の武運をお祈りしていたのです。

そんなわたくしの所へ長政殿が悲壮な顔でお見えになり、子らを乳母に預けた後、申されるのでした。

「もはや、武運は尽きた。それがしは潔く自刃する。そなたは子らを連れて城を脱出してほしい」。

「何を申されます。わたくしは長政殿の妻、最期までお供いたします」

「お市の気持ちは有り難いが、そなたにはそなたの務めがある。子らを立派に育て上げ、それがしの菩提を弔ってほしい。信長殿も妹御であるそなたの命を取ることはあるまい。またそのように使者を通じて願い出てある」

長政殿の決意は固く、わたくしは老臣藤掛三河守に守られ三人の姫たちと信長殿の陣営に送り届けられたのでした。一方、嫡子万福丸と幼い万寿丸は落城前に密かに家臣に連れられ城を落ちのびていたのです。

炎上するお城を振り返り振り返り、山を下りていきました。足が進まないわたくしを三河守がいたわしそうに見つめるのがわかりました。わたくしは長政殿の最期の時をこの目で確かめたいと炎の山に目を向けていたのでございます。

明け方、麓に下り立ったわたくしどもは残煙に包まれる山を仰ぎ見、赤尾屋敷のある方角に無言のまま手を合わせていました。

長政殿二十九歳、十六歳で浅井家を継ぎ、家臣にも慕われた我が夫の面影の一部始終をわたくしは瞼に浮かべていたのでございます。


その後の兄上の浅井一族に対する残虐な処罰は想像を絶するものでした。舅の久政殿、長政殿、朝倉義景殿の御首を京の市中にさらした上、頭蓋骨に漆を塗って金粉を施した箔濃《はくだみ》にして年賀の祝杯に用いられたのです。また落城三ヵ月後、万福丸を捜し出し、羽柴秀吉に命じて関ヶ原で串刺しの刑に処したのです。

あまりのことにわたくしは茫然自失し、言葉も出ません。出てくるのは涙ばかり。気がつくとわたくしは茶々、初、小督を抱き締め、鬼のような形相をある一点に向けていたのです。

「お母上、恐い。鬼のお顔でございます」

と茶々が言うのが耳の奥で聞こえていました。

わたくしは兄上に向かってあらんかぎりの無言の抗議をしていたのです。わたくしは清洲城に戻り、姫たちとひっそり暮らしていたのですが、兄の仕打ちを知って以来、兄とは一言も口をきかなくなりました。

わたくしの無言の抵抗を、さすがの兄もうっとうしく思ったのでしょうか。わ

浅井家菩提寺徳勝寺の長政とお市の像（長浜城歴史博物館提供）

たくしたち親子を伊勢上野城主の織田信包《のぶかね》兄のもとに預けたのです。ここでわたくしどもはようやく静かな日々を送るのです。

わたくしは姫たちと毎日、長政殿をはじめ浅井家の人々の菩提を弔い、在りし日の長政殿について話したものでございます。万寿丸が見つけ出されないように密かに祈りもいたしました。

わたくしが、

「お父上は相撲がお好きで茶々や初は万福丸といっしょになってお父上にかかっていきましたよ」

と申しますと、

「それならお母上が今はお父上、さあ、初、お父上を負かせてしまいましょ」

と言って、茶々がわたくしに向かってきます。茶々は幼いながらわたくしどもの置かれた情況を察し、明るく振る舞おうと努めていたようです。

温暖な伊勢での九年近い日々がまたたくまに過ぎていきました。わたくしはこのままこの地で一生を過ごしたいと思うまでになっていました。そんな折、本能寺の変が起こり、わたくしどもは再び、政争の場に引き出されてしまったのです。

清洲会議の後、わたくしは柴田勝家殿の正室として姫たちとともに勝家殿の居城、越前北ノ庄城におもむいたのです。羽柴秀吉がわたくしを側室にしたい意を抱いていたようですが、わたくしにはまったくその気はなく、甥の織田信雄の勧めもあって昔からの織田家の重臣、勝家殿に嫁いだのでございます。

串刺しにされた万福丸のことを思い、秀吉の名を聞くだけでわたくしは身の毛がよだってくるのでした。

越前への途上、わたくしはようやく密かな念願を果たすことができました。福田寺に匿われている万寿丸との出会いです。十歳になる万寿丸を見つめていると同年で殺された万福丸のことが思われ、思わず、とまどいを隠せずにいる万寿丸を抱き締めてしまいました。「万寿丸をこのままにしてよいものであろうか。いや、まだまだその時期ではない」わたくしは万寿丸の温もりを感じながら心の内で自問自答していたのでございます。

秀吉と勝家殿の対立は日増しに激化し、翌年ついに賤ヶ岳《しずがたけ》の戦となるのです。わたくしどもの戦勝祈願もむなしく勝家殿は敗北し、北ノ庄城に敗走し、四月二十四日、秀吉軍に城を包囲されてしまいました。殿はわたくしに

「秀吉もそなたや姫を殺すことはよもやあるまい。城に火をかける前に脱出して秀吉の陣に下るように」

と申されましたが、三人の姫はともかく、わたくしは秀吉に救出されようなどと思いもいたしません。繰り返し、勝家殿とともに死出の旅路に向かいたいと、我が意を固執したのです。

やがてあの名に聞こえし猛将の目に涙が光り、わたくしを強く抱き寄せ、瞑目なされました。

さだならぬ打ちふるほども夏の夜の
別れを誘ふほととぎすかな　　お市

夏の夜の夢路はかなき跡の名を
雲井にあげよ山ほととぎす　　勝家

燃え盛る炎の中、わたくしは三十七歳の生涯を閉じたのでした。しかしながらわたくしの魂は乳母の大蔵卿局に連れられ、美しい娘に成長した茶々や初、小督が城から逃れて行くのを見つめていたのでございます。姫たちに幸あれと願いながら。

浅井家に関わる女たち――見久尼

時は前後するが、お市の方が浅井家に嫁がれる前の浅井の女たちについて少し触れておきたい。当然、喜八郎も生まれていない。だが、喜八郎は茶々（後の淀殿）や初からこの長政の義姉見久尼《けんきゅうに》のことは聞いていた。とりわけ淀の姉上は

「大伯母さまにはお世話になった。お優しい尼さまだった」

と浅井の話がでるとよく口にした。それゆえ喜八郎も会ったことがあるような気分になるのだった。見久尼は出家後も浅井の一族の行く末を静かに見守り、喜八郎の還俗をたいそう喜んでいたという。

見久尼（浅井長政の異腹の姉）

歴史が正史、あるいは信頼に値する書物に記されていなければ史実と認められない、とするなら、歴史というものはずいぶん味気なくなるのではありますまいか。伝説が時として真実と判明したことも少なくございません。実はわたくし、実宰庵において浅井の姫、茶々、初、小督さま方を一時、お預かりしたことがあるのです。

わたくしは浅井久政と、その父亮政の侍女との間に生まれた娘、見久尼と申します。正室井口殿（阿古）が久政殿のもとに嫁がれる前のことでございます。幼いころは赤尾屋敷で育てられたそうですが、物ごころついた時には平野郷平塚（長浜市平塚町）の実宰庵に母と手伝いの者と一緒に暮らしておりました。

天文十一年（一五四二）、亮政殿が亡くなられた後、母は出家したのでございます。久政殿がわたくしども親子のために無住となっていた実西寺を実宰庵として再興してくださったのでした。これに関しては古文書も残っており、要約しますと、

「其元の領内に実西寺があるが殿様の御養女姫さまが御禅尼になられ一宇をたてられるので御存知の上よろしくお願いする」

という旨が記されております。

おもしろいことにわたくしの実父は久政殿でありますのに、わたくしは養女となっているのです。これは母が亮政殿の侍女という身分であり、阿古さまのご実家で有力者井口氏に対する久政殿の配慮であったのでは、と思われます。もう一つ不思議なのはこの時、六歳であるわたくしが禅尼という出家の身分になっていることでございます。こうした処置も母の身分を考慮した上での苦肉の策であったと思われます。つまり、実宰庵は表面上は母のためではなく、浅井の血を引くわたくしの出家のために再興した、ということなのでしょう。実際にわたくしが出家したのは十九の年でございます。実父久政殿が重臣たちに竹生島に一時幽閉されるという事態を憂えてのことでした。

現在、実宰院（実宰庵から改称）にあるわたくしの位牌の裏面には「天正十三年乙酉年六月二十九日四十九才入滅」と記されています。とるにたりない生涯で

はありましたが、浅井三姉妹をお預かりした時のことは忘れることができません。

一度目は天正元年（一五七三）八月二十七日小谷落城の折でございます。藤掛三河守に守られたお市さま方が、信長殿の陣地、虎御前山に入る前、わざわざ迂回してわたくしどもの庵に立ち寄られたのです。小谷のお館に何度か招かれたことがありましたのでお市さまや姫さま方には面識がございます。あのお美しいお市さまのお顔が別人のように青ざめ、足からは血が滲み、小袖には何ヶ所もかぎざきができていました。お小さい小督姫は乳母に抱かれ何も知らずすやすや眠っておいででしたが、五歳と四歳の茶々姫、初姫は幼いながら漠然と事の次第をおわかりであったのでしょう。

「お父上のところに行きたい。お父上も一緒でないと嫌じゃ」

とお市さまや侍女たちを困らせておいででした。それも無理ないことと思います。我が弟、長政殿はお市さまをこの上なく愛していらっしゃり、また大変な子煩悩でもありました。女ばかりの宴の席に招かれたことがございましたが、長政殿が挨拶に見えると万福丸さまを初めお子たちが長政殿を取り囲み、大相撲が始まるのでございます。そうした経験のないわたくしは羨ましく思ったものです。お市さまも阿古さまも満ち足りたご様子で父子のお姿をお眺めでした。

浅井家に関わる女たち——見久尼

見久尼が再興した長浜市平塚町の実宰院

わたくしはみ仏にお仕えする身ですが、何かの折には必ずお役に立ちたいと阿古さまに申し上げていたので、お市さまもわたくしのことを覚えていてくださったのでしょう。

翌二十八日、お市さまはこころゆくまで長政殿の菩提を弔いたいと思われたのでしょうか。我がお堂に籠られ、食事も召されず経を唱えていらっしゃいました。お堂には久政殿が寺院再興の折、小谷城京極丸に安置されていた宇多天皇の御持仏であったという観世音菩薩像が祀ってございます。ほんの数日の滞在でございましたが、お市さま方は身繕いを整え、信長殿のもとに発っていかれたのです。

その後、耳に入ってくる報は悲話ばかりでございました。万福丸さまが関ヶ原の刑場で磔《はりつけ》にされ、串刺しの刑に処せられたという悲報と前後して同じく関ヶ原で阿古さまが毎日一本ずつ指を切られ、惨死なされたという報せ。わたくしはお堂に籠り、終日浅井家の人々の菩提を弔う一方、お市さまや姫君方、万寿丸君のご無事をお祈りしていたのでございます。

お市さまは一時期、清洲のお城に居られたそうですが、兄上、織田信包殿の伊勢へおもむかれたという噂が風の便りに伝わって参りました。恐らくお市さまは伊勢の地で長政殿の菩提を弔いながら姫さま方をお育てになっていたのでしょう。時には長政殿と夢幻の語らいをなされながら。

実宰院の見久尼像

ところが平穏な暮らしは十年足らずで終わってしまうのです。天正十年（一五八二）六月二日の本能寺の変で信長殿が明智殿に攻められ、自害。明智殿は秀吉軍に討伐されたのですが、信長殿亡き後、秀吉殿と柴田殿の反目はこの庵にまで聞こえてきました。清洲会議から数ヶ月経ったときでしたでしょうか。お市さまから思いがけない文が届いたのでございます。

「柴田殿に再嫁することが決まり、越前北ノ庄城に参ります。福田寺には万寿丸がお世話になっていますので、万寿丸に会い、それから尼さまにもお会いして北陸路に向かいとうございます。出発は秋のころになるでしょうか。大蔵卿局がよく尽くしてくれているので姫たちは三人ともすくすく育ち、茶々はすっかり娘らしくなりました」

このような内容であったと思います。大切な文を散逸してしまいましたが、幾度も読み返しましたのでしっかりと脳裏に刻まれております。

時雨のそぼふる晩秋のころでしたでしょうか。お市さま、姫さま方に十年ぶりにお会いしたのでした。お市さまは以前と変わらぬお美しさで秀吉殿が懸想《けそう》して

いるという噂も納得のいくところでございます。茶々さまがお市さまにあまりにも似ておいでなので

「ほんにお二人は御姉妹のようでございますね」

とわたくしは思わず口にしたほどです。万寿丸さまも福田寺でご立派にみ仏にお仕えしていられる由。

「このまま何事もなく世が治まれば」

とわたくしが申し上げるとお市さまは眉根を心持ち寄せられ

「そうだとよろしいのですが」

とお応えになったのです。お市さまは柴田殿と秀吉殿はいずれ戦をすることになるだろうと、見通していられたのでありましょうか。

わたくしの願いも虚しく、翌天正十一年四月二十一日賤ヶ岳の戦いで柴田殿が秀吉軍に破れ、二十三日、北ノ庄城が秀吉軍に包囲され、落城したのです。柴田殿は自害。お市さまも短刀で胸を刺し、大田徳安という武士が介錯なされたそうです。

哀れなのは残された姫さま方でございます。行く末を思い悲しみに暮れておりますと、大蔵卿局の文を携えた顔見知りの侍女が切羽詰まった表情で訪ねてきたのでした。

「姫さま方は今、秀吉殿の休憩所となっている北ノ庄城下の寺にいらっしゃいますが、茶々さまがしばらく尼さまのもとでお母上の菩提を弔いたいと強く申されています。秀吉殿も頑強な茶々さまに苦笑なされているそうですが、いかがでしょうか。願いをお受けしてくださいますでしょうか」

わたくしが喜んでお受けしたのはいうまでもございません。炎上する城の中で命を断たれたお母上、義理のお父上、いかに姫さま方が気丈であろうとお心に深い傷を受けないわけはございません。

北ノ庄城を出てから大坂城に入るまで浅井三姉妹はどこで過ごしたか、ということは歴史の謎とされ、後世、様々な憶測がなされているようでございます。それに関してわたくしは意外な事実を申し上げなければなりません。

実は北ノ庄を出られた姫さま方は密かに四十九日の法要を終えられるまで我が平塚実宰庵でお暮らしになっていたのです。

秀吉殿はそれを許す鷹揚《おうよう》な一面もおありだったのです。というよりは、ゆくゆくは側室に迎えるつもりの茶々さまの機嫌を損ねるのは得策ではない、という下心がおありだったのかもしれません。大蔵卿局殿が秀吉殿との交渉に一切当たられていたようでございましたが……。

何もおもてなしはできませんが、わたくしはずっと姫さま方がこの庵に滞在して下さることを望んでおりました。が、秀吉殿との内々の約束があるからと大蔵卿局殿が申され、六月の初めに安土に向かって発たれたのでございます。安土のお城は天主閣をはじめ大部分は焼けてしまいましたが、安土山にはまだ建物がいくつか残り、いつの日か、信長殿のご長男、信忠殿の遺児、三法師さまが安土にお越しになるとのことでございます。

「尼さま、これはわたくしと秀吉殿との内輪の話でございますが、大坂城の本丸御殿が完成すれば姫さま方をそこへお移しすることになっているのです」

大蔵卿局の申された通り、天正十二年（一五八四）八月八日、本丸御殿が完成してまもなく、姫さま方は大坂の新しい城へ移られたのでございます。

安土へ二度ばかり姫さま方をお訪ねしたことがございます。幼い三法師さまも住まわれ、姫さま方は三法師さまをたいそう慈しんでいられるご様子でした。日に日に美しくおなりの姫さま方を思うと重ねて幸いあることを願わずにはいられませんでした。

「茶々さまが秀吉殿の側室になられる」という噂が耳に入ってきたのは天正十三

年、わたくしが病の床に伏している時でございました。「やはり」、という思いと同時に大蔵卿局殿の計らいであろうと思ったものです。しかし、実際に側室になられたのはもう二年あまり後のようでございます。茶々さまがなかなか了解なさらなかったのでしょう。

さて、我が実宰院にはわたくしの亡き後、淀殿が寄進なされたわたくしの像、「昌安見久尼像」が今に伝えられております。また秀吉殿はこの庵に五十石の朱印地を与えて下さり、その御朱印状も残されているのでございます。

浅井家に関わる女たち——井口殿

井口《いのくち》殿とも阿古《あこ》さまとも呼ばれ、喜八郎にとっても祖母にあたるお方が井口殿である。常高院（初）が阿古の婆さまと呼んで思い出話をし、また「婆さまはいつもお母上の味方であった」と淀殿が話していたのを喜八郎は覚えている。

淀殿とたびたび会うわけではなかったが、会うと浅井の弟として懐かしそうに対面し、おぼろげな記憶を辿りながら、その話の中に婆さまの話がよく出てきた。信仰心の厚い人で、幼い姉妹はよく婆さまに手を引かれ城下の寺々に参ったという。残念ながら小谷落城の前に寺に預けられた赤子の喜八郎には井口殿の記憶はない。淀殿や常高院にしても恐らくお市の方の小谷での思い出話が婆さまの肉声を立ち上らせていたのだろう。

井口殿（浅井長政の母・阿古）

あれは姉川の合戦の前、信長殿と我が浅井家との同盟が破綻し、敵対関係になった時のことでございます。清水谷の浅井館では息子、長政が妻お市を離縁して織田家に帰すかどうかで家中が紛糾しておりました。わたくしの夫、久政殿は武家のしきたりとして「両家が断絶した今、当然、織田家にお市を帰すべきだ」と主張し、譲られません。「長政の最初の妻（六角氏の重臣平井定武の女）も六角氏と決別した時、長政は実家に嫁を送り返したではないか」と。一方、長政殿はお父上を初めとする一部の重臣たちの意見を頑として聞き入れようとしません。「お市はそれがしの妻だ。お市も自分は浅井の人間であるから織田家に戻る気持ちはないと申しておる」。父子の平行線がどこまでも続く中、わたくしは二人の間に立って四苦八苦したのでした。

幸い、わたくしはかつて久政殿の窮地を救ったことがありました。

永禄三年（一五六〇）竹生島幽閉事件とでも申しましょうか。夫は「武将の器量がないから家督を長政殿に譲るように」と重臣たちに迫られたのでございます。危険を感じた久政殿は一時、竹生島に避難なされ、その後、和解の労をとったのがわたくしでございました。

「浅井家は一致団結して敵に当たらなければなりませぬ。長政殿の心が乱れているようでは敵に隙をつかれてしまいます」

わたくしの言葉に久政殿も竹生島の辛い暮らしを思い出されたのでしょう。不承不承ではありましたが、お市殿の離縁を諦めなされたのです。

戦の世であっても、夫婦が互いに労《いた》わりあう姿はほのぼのとした気持ちになるものでございます。多忙をきわめる長政殿でしたが、暇を見出しては家族の団欒を楽しんでおりました。相撲が大好きな子供たち、万福丸や茶々、初が一斉に

「お父上をやっつけろ」

などとまわらぬ舌で四方から長政殿に向かっていきます。お市殿はかたわらで

「これこれ」

と言いながらおてんばな姫たちを制止するのですが、本心その気はなく、父と子供たちの相撲を楽しんでいます。わたくしとて同様で、束の間の幸せを味わっ

ていたのでございます。

織田軍がいつ攻めてくるかもしれないという情勢の緊迫した中、長政殿は子供たちとの戯れを気散じとしていたのでしょう。日に日に戦が迫っているのがわたくしどもにも感じられました。わたくしはお市殿や侍女を誘い、周囲の寺々に戦勝祈願に参ります。小谷寺はむろん、知善院や徳勝寺、そして少し足を伸ばして異腹の娘、見久尼の実宰庵へお詣りするのです。

わたくしがお寺詣を試みたのは戦勝祈願のためでもありますが、実はお市殿の気持ちを晴らすこともその一つでございました。家臣の中には依然としてお市殿を密偵のように思う者もおりましたから。実際、織田家から従ってきた侍女の中にはそのような女人もいたかもしれません。が、お市殿はそんな侍女を逆にたしなめ、織田家からの使者にすら会おうとしなかったのです。

金ヶ崎の戦いの直前、お市殿が小豆を袋に詰め、その両端を結び、陣中見舞いとして兄、信長殿に送ったという逸話が後世まことしやかに伝えられています。信長殿が浅井・朝倉軍の挟みうちになっていることをお市殿が知らせ、窮地を救ったといいたいのでしょう。あの話は後の世のまったくの作り話ですよ。

お市殿は嫁入り道具の一つに信長殿のお抱えの絵師が描いた四曲一双の屏風を

浅井家に関わる女たち—— 井口殿

浅井家ゆかりの円満寺（長浜市高月町井口）の鐘楼

持参したのですが、それを長政殿と自分の名で法華寺に寄贈したのでございます。お市殿は浅井の人間であることを示したかったのでしょう。わたくしは今も彼方の空から平成の世の人々が、世代閣《よしろかく》（長浜市木之本町）に保管されているその屛風を見学するのを満足して眺めております。

元亀元年の姉川の戦いで浅井・朝倉軍は大敗するのですが、長政殿とお市殿の絆はますます固く結ばれていったようです。天正元年、末の小督姫が生まれたのが何よりの証でございます。重臣たちが次々寝返るという苦境の中、長政殿にとって子らとの相撲は何にもかえがたい幸せなひととときであったのでしょう。が、さすがにこうした光景ももうしばらくであろうと思ったのでしょうか。子らを見つめる長政殿の顔に一瞬、暗い陰がよぎることがございました。

忘れもいたしません。天正元年八月二十七日でございます。小谷の山ははや秋風が吹き、虫のすだきに包まれていました。そんな中、戦を告げる鐘がわたくしの実家のある井口の里から聞こえてきたのです。三里まで響くという浅井家ゆかりの梵鐘でございます。長政殿を初め、城中の者たちが殺気だっていく様子が肌で感じられました。この戦が小谷城、最後のものとなるであろう、と思ってはいても、武士の気力に劣る浅井軍ではございません。わたくしども女たちも襷がけ

世代閣に保管されるお市が法華寺に寄進した屏風

になって戦闘の手助けに一生懸命です。

　万福丸や万寿丸はすでに城を逃れ、さる所に匿われ、さらに長政殿はお市殿を説得しておりました。

「そなたは生きてそれがしの菩提を弔ってくれ。遺された子らを浅井の人間として恥ずかしくないよう立派に育てあげてほしい。信長殿には使者を通してそなたたちの命乞いを願い出てある」

　わたくしは長政殿とお市殿のやりとりを耳にしながら城にとどまり、傷ついた者どもの手当てに専念し、久政殿、長政殿と最期をともにする覚悟でいたのです。長い時が経ったようでした。長政殿とお市殿が静々とわたくしの前に表れました。お市殿は眼に涙を浮かべ、沈んだ表情でございましたが、顔には決意のほどが窺えました。

「お市がようやく納得してくれました。これからお母上もお市たちと一緒に城を下り、いったん平塚の実宰庵に落ち着いてください。虎御前山の信長殿の陣屋まで藤掛三河守が送り届けてくれることになっています」

　赤子の小督を侍女が抱き、茶々と初はわたくしやお市殿が手を取り、ときには乳母の大蔵卿局たちが背に負い、夜道をやっとの思いで山を下ったのでございます。見久尼殿のお顔を見た時には気持ちが弛み思わずへなへなとその場に座り込

浅井家に関わる女たち―― 井口殿

信長軍と浅井・朝倉軍が戦った姉川合戦場跡

んでしまいました。

数日後、お市殿と姫たちは信長殿のもとへ発って行きました。わたくしは数名の侍女とともに浅井の縁の者を頼って密かに柏原の近くに潜んでいたのです。柏原の清滝寺《きよたきでら》には京極高吉殿に嫁いだ娘がおります。後にキリシタンとなってマリアと呼ばれるのでございますが。

清滝寺に使いをやりますと京極殿から冷たい返書が返って参りました。

「浅井とは敵対関係にある今、今後一切このような文をくださいますな。高次は織田殿より五千石を賜ったばかりの身、京極家再興の道を歩み始めております」

わたくしは京極殿を恨む気持ちは少しもございません。しかし、娘マリアがどのように辛い思いをしているであろうと思うと心が痛むのでした。

山深い地にも浅井の残党狩りの噂が伝わり、わたくしはさらに伝《つて》を頼り山奥へ逃れたのです。

「お市もお母上の命乞いを信長殿にお願いすると申していいます。が、念のため、山里に隠れるのが無難でありましょう」

わたくしは長政殿の言葉に従い、隠れ潜んでいたのですが、まさか信長殿も年寄を誅されることはあるまい、という思いが心のどこかにありました。

ところが数ヶ月後、わたくしの思いは吹っ飛んでしまったのです。

「関ヶ原の刑場で万福丸さまが串刺しの刑に処せられたそうでございます」

里へ米や野菜を調達に行った侍女が血相を変えて戻って参りました。

全身の血の気が失せていく中、わたくしは元服も終えていない童髪の万福丸の幻を見ておりました。殺伐とした刑場の柱に括りつけられ、肛門から上部に向けてまっしぐらに槍で突き貫かれた万福丸。

せめて万寿丸だけはと、必死でお祈りを始めてから十日あまり経った時でした。鳥の鳴声や獣の遠吠え以外には物音一つしない寂しい山家に、ざわざわとした人声が聞こえて参りました。わたくしは最期の時がきたことを直感し、ただちに侍女を床下に隠し、念仏を唱えておりました。

関ヶ原の刑場に括りつけられてからもわたくしはひたすら経を唱えていたのです。刑の執行日を耳にしたのか、竹矢来の周りには見物人が群れています。不思議なことにわたくしは一渡り周囲を見渡す余裕を持ち、顔見知りが別れにきてくれていることもわかりました。なんとその中に清滝寺の娘もいたのでございます。わたくしはひたすら娘を見つめておりました。恐らく、京極殿に隠れて参ったのでしょう。わたくしが軽く二、三度うなずくとマリアは顔を両手で覆い、肩を震わせていました。その日から毎日、一本ずつわたくしの指は切られ続けたのでございます。

初めのうちは痛みで目は霞み、苦痛に身が捩《よじ》れる思いでしたが、しだいに意識が朦朧として何も感じなくなりました。が、わたくしは我が娘の姿だけは眼に確と焼きつけ、最期の際まで娘と無言の語らいをしていたのでございます。

後にマリアはキリシタンの信者となるのですが、刑場の柱に括りつけられた血の滴る母の姿に、イエス様のお姿を重ねたのかもしれません。恐れ多いことでございます。

京極殿も思うことが多々おありであったのでしょう。妻のマリアとともに入信なされたそうです。わたくしの痛ましい最期については『島記録』にわずかに記されているのみでございます。

天正十三年（一五八五）、喜八郎が初めて仕えた主君、秀吉の養子亀岡城主於次丸《おつぎまる》秀勝が病死したため、喜八郎は大和郡山城主であった秀吉の弟、秀長に仕えることになる。その途上、大坂城に挨拶に立ち寄ったのだが、そこで娘の竜子のもとにきていた長政の姉、伯母マリアに出会うのだった。竜子は若狭の武田元明に嫁いでいたが、天正十年夫が秀吉に自刃させられ、その後、秀吉の側室に上がっていた。伯母はヤソ教を信仰し、布教のためときおり城中を訪れるとのことである。

「茶々姫も竜子もまったくイエス様には関心をお持ちでない。困ったものだ。わたくしの母もお市さまもみ仏を深く信仰していらしたから仕方がありませんね。それに秀吉殿は信長殿のようにイエス様がお好きでないらしい」

マリアは喜八郎にそう告げ、ところでそなたはいかがか、といったふうな眼を向けた。喜八郎は慌てて「それがしは数年前までみ仏にお仕えした身です」というと、「そうでござった。そのように聞いておりましたぞ」とほほっと笑い、ヤソ教の話は終わりになった。マリアはキリシタン禁教令が出てからも密かに布教を続けた熱心な信者であった。喜八郎は父長政に似ていたといわれる大柄のマリアに長政の面影を重ねたものだった。

京極マリア（浅井長政の姉）

世に埋もれること三百五十年、浅井久政と井口殿（阿古）の娘であったわたくしの没年がようやく後の世の人々に知られることとなりました。わたくしの墓が確認され、養福院という法名が明らかになったからでございます。

兵庫県豊岡市三坂にある京極家（丹後京極）の墓所にある墓碑は風化がはなはだしく、かろうじて拓本をとり、他の記録と照合した上での判明でした。しかし元和四年（一六一八）の没年は定かになったとはいえ、生年は未詳のままでございます。マリアという名も実は洗礼名であって小谷の城ではわたくしはいったいどんな名前で呼ばれていたのでありましょうか。

わたくしは十九の年に京極高吉《たかよし》殿に嫁ぎました。我が夫はすでに六十近く、浅井の父より二十歳も年上というお方でした。いかに政略結婚とはいえ、わたくしは悲嘆にくれたものです。京極家は浅井家にとっては主家、勢力衰えた名家の主人と姻戚関係を結ぶことで父は浅井の家の安泰を考えたのでございましょう。小谷の城の上方には京極丸があり一時、高吉殿のお父上高清殿も小谷にお住まいであったと聞いております。

兄上を亡くされ家督を継がれた高吉殿でしたが、柏原にある菩提寺、清滝寺の万徳坊で不遇をかこっていらっしゃったのです。初めてそのお姿を拝見したわたくしは人の世の栄枯盛衰というものを痛く感じ、不思議な情に打たれたものです。すると殿はおもむろに、

「そなたも気の毒よのう」

とぽつりとおっしゃったのです。領地はむろんお父上も先の奥方も、すべてのものを亡くされた高吉殿はみ仏の世界にのみ御身を置かれていたのです。

が、竜子に続き、永禄六年（一五六三）竜武丸（高次）の誕生によって殿は生き返ったようにおなりでした。

「京極家は必ず再興されるぞ。でかした、でかしたぞ」

殿は狂おしいばかりにお喜びになり、その後、一人静かに舞を舞っておいでで した。高吉殿は姫にも竜子という強い名を名づけられていたのです。この間、浅井の弟、長政殿はお市の方と婚姻を結ばれ、お子たちを次々お生みでした。

ときおり子供たちを連れて小谷の城を訪ねたわたくしですが、仲睦まじい弟夫婦と姫や若君たちを眺め、幸せを絵に表すならこうした情景であろうと思ったものでございます。母も孫たちを前に目を細めていらっしゃいました。わたくしが実家での光景を思い浮かべるのはきまってこうした場面でございます。

ところが信長殿の朝倉攻めにより情況は一変してしまいました。高吉殿は浅井家に背を向け、八歳の竜武丸を岐阜城へ送られたのです。我が息子は信長殿から小法師の名をもらいましたが、人質であることには違いありません。わたくしはこの時、長年浅井家に押さえられていた高吉殿の怨念のようなものを感じたのです。が、嫁いだからには夫に従うのがわたくしの務めと、落ち目になっていく浅井家を気にかけながら我が子の武運を祈るばかりでした。

元亀三年（一五七二）には長寿丸（高知）が生まれ、翌年には小法師が初陣の功により信長殿から近江国奥島に五千石を与えられました。高吉殿は「京極家再興の第一歩ぞ」と、この時も狂喜の後、舞を舞われたのです。

一方、浅井の小谷城は天正元年（一五七三）八月ついに落城、長政殿が自害なされたのは周知のことでしょう。その後のお市さまをはじめ、浅井一族に関して

安土セミナリヨ跡。信長の安土城築城と同時に宣教師によって建てられたセミナリヨ（神学校）。当時、西洋文化がこの地に息づいていた

は哀れというほか言葉もございません。

わたくしは侍女が止めるのを振り切り残酷な刑に処せられる母に別れを告げるため一人、関ヶ原まで参りました。もちろん高吉殿にも内緒でございます。竹矢来越しに母が毎日、一本ずつ指を切られていく姿を射るように見つめていました。正気の沙汰とは思えませんが、わたくしはそうすることで母を守っている心境になっていたのです。

母はわたくしの姿に最初から気づいていました。わたくしに向かって別れの会釈をするようにうなずくと背筋をすっと伸ばし、西方浄土を向かれたのです。その姿は神々しく、気がつくと見物人たちは皆、母に向かって手を合わせていたのです。わたくしが九年後の天正九年（一五八一）、安土で高吉殿とともに受洗したのも母の姿にイエス様のお姿を重ねたからかもしれません。

ところがオルガンチノ神父様から洗礼を受けて一月もしないうちに高吉殿が他界されてしまったのです。異国の神を信仰するから神仏の罰があたったのだ、と口さがない者は申しましたが、わたくしどもは神によって生かされている身、七十八歳の夫を神は召されたのです。

それから後のわたくしの人生は信仰に生きる生涯でございました。キリシタン禁教令下の日本では京極家が名だたるキリシタン大名であったという記録は見当

清滝寺徳源院（米原市柏原）の京極高吉の墓

りません。が、レオンパジェスさまの『日本切支丹宗門史』などにはわたくしが改宗者の増加に努めたことも記されていますし、当然極秘ではありますが、娘や息子の高知、高次、高次の奥方初殿も洗礼を受けていたのでございます。

『宗門史』の慶長十一年（一六〇六）の項には娘の葬儀の件でわたくしがちょっとした物議をかもしたことまで記されているのでございますよ。

と申しますのは、娘の夫朽木氏が仏式の葬式を望んだのですが、娘、マグダレナ（洗礼名）はイエス様に召されたのだから当然キリシタンによる葬儀をすべきだと主張したのでございます。結局、わたくしの望みが叶い、京で盛大な弔いを行うことができました。そのことは多くの人々に感銘を与えたようでございます。

しかしながらキリシタンへの迫害はしだいに厳しくなり、わたくしは京、大坂での布教を断念し、高知の領する丹後の田辺（京都府舞鶴市）で信仰の暮らしを送るようになりました。『宗門史』慶長十七年（一六一二）の項にはわたくしが信心に対してよい手本を示し、家をあたかも修道院のようにしていた、という記録が残されています。残念ながらこれがわたくしに関する最後の記述でございます。実はその後も召されるまでわたくしは小さな修道院、此御堂《こみどう》で布教に携わっていたのです。

此御堂というのは舞鶴（京都府舞鶴市）にある泉源寺のことでございます。元は尼寺で、養福院というわたくしの位牌が置かれていたのです。もう皆さん、このからくりをおわかりのことでしょう。キリシタンへの厳しい弾圧を逃れ、わたくしどもは潜行して信徒を広め、祈りの生活をしていたのです。

京極家がキリシタンと深く関わっていたことを示す品をいくつかご紹介しましょう。常高院の埋葬の時建てた小浜のキリシタン灯籠、京極高広が建立した丹後の宮津のキリシタン灯籠、そして豊岡の京極家に伝わるクルス入り印籠や桐クルスともいえる蒔絵の棗《なつめ》などでございます。これらの品は何びとも思想信条の自由を束縛できるものではないことを証しております。

さて、このわたくしにも一つ叶わないことがございました。それは竜子（松の丸殿）の受洗です。竜子は若狭の武田元明殿に嫁いでおりましたが、元明殿が秀吉殿に詰め腹を切らされた後、秀吉殿の側室にさせられたことは御存じでございましょう。わたくしは幾度もキリシタンの教えを娘に説きましたが、竜子は洗礼を受けたいとは申しませんでした。それどころか、

「淀殿はみ仏を深く信仰していらっしゃいます。わたくしが、秀吉殿が禁令を発せられたキリシタンの信徒になるなど、どうしてできましょう。これ以上、淀殿

に秀吉殿の愛を奪われたくありません」

と興奮して口走るのでございます。茶々さまに鶴松君がお生まれになり、竜子は秀吉殿の心変わりを恐れていたのかもしれません。

イエス様の御心を知れば竜子ももっと安らかな境地にいられましょうにわたくしは娘が哀れでなりません。が、わたくしには竜子の心の内も察せられ、いじらしくもなるのでした。娘は我が事だけを考えているのではないのです。信長殿亡き後、放浪を余儀なくされていた弟高次をなんとか秀吉殿に取り立ててもらおうとけなげにも心をくだいていたのです。

高次が再び城持ちとなって出世していったのは、世の人が蛍大名と呼ぶように確かに竜子の力なくしては不可能であったでしょう。幼い時から父より京極家の再興を竜子もまた毎日のように聞かされていたのでございます。

何はともあれ、あのような時代に信仰を持ち、死ぬまでまっとうできたことをわたくしは誇りに思っております。しかも夫、高吉殿と一緒に洗礼を受けることができたのは至福といってもよいでしょう。わたくしはこの時初めて心から高吉殿を愛しく思ったのでございます。

喜八郎は人と人との巡り合いの不思議を思わないではいられない。もし本能寺の変で信長が討ち死にしなければ、もしお市の方が柴田勝家と再婚しなければ、もしお市の方の一行が福田寺に寄らなければ、浅井喜八郎は還俗することなく福田寺で一生を終えただろう。喜八郎の存在が秀吉の知るところとなったのは北ノ庄落城後である。秀吉の庇護下に入った三人姉妹の長女茶々に秀吉は喜八郎のことを聞き出したのだった。お市の方の一行が福田寺に立ち寄ったことから秀吉はそれらしきことを勘づいたようだ。さすが天下人をめざす男の鋭さよ、と言わざるをえない。

「茶々殿、そなたに弟がいるのなら、目通りしてみたい。ことによれば浅井家の復興も不可能ではない」

茶々にそう告げ、その席には大蔵卿局も同席していたという。

茶々の気を引こうとする秀吉の魂胆があったことは間違いない。やがて秀吉の使者として大蔵卿が福田寺に遣わされた。「万寿丸殿、よい話だと思うがどうじゃな。お父上もあの世で喜んでおられることであろう」大蔵卿局は挨拶もそこそこに喜八郎に言った。

喜八郎はその時のことを思い浮かべる。正直いって気が動転し、何と応えてよいかわからなかった。大蔵卿局は重ねて同じことを告げた。喜八郎は何か恐ろしいことが待ち受けているような気分になっていった。「秀吉殿は決して悪いようにはなさらない。それどころか、真剣に浅井家のことを考えてくだされていますぞ」大蔵卿局の声はしだいに大きくなっていった。

喜八郎は何かが急転直下していくような気持ちだった。十を少し出たばかりの小坊主に世の情勢がわかるはずもなく、ましてやみ仏と一生を送るよう教えられてきた身である。即答できないのは当然だろう。それに喜八郎はみ仏に仕える暮らしは嫌いではなかった。だが、やはり浅井の血が喜八郎を呼んだのであろうか。長政らしき声が闇の向こうから聞こえてきた。父だけでなく祖父久政の声も、曾祖父亮政の声も響いてきた。

「庶子といえども浅井の血統はそちによって伝えられる。おろそかにするでない」

さらに住職の一言が決定的となった。

「今となっては浅井の血統を継ぐのは万寿丸、そなたの務めじゃ」

喜八郎が還俗し、大坂へ向かったのはそれからまもなくだった。秀吉は喜八郎を養子於次丸秀勝の配下とした。信長の四男で、茶々たちとは従兄にあたり、亀岡城主となっていた。ところが主君は天正十三年に病死、その後、喜八郎は秀吉の弟秀長に仕える。秀長は特別扱いするわけではなかったが、喜八郎を見る眼は常に思いやり深いものだった。

どういうわけか喜八郎が仕える主君は長続きしなかった。秀長もまた天正十九年(一五九一)に病死、そしてその居城大和郡山城を引き継いだ増田《ました》長盛に仕えることになる。が、五奉行の一人であった長盛も関ヶ原の戦いで所領を没収されてしまい、喜八郎は浪人の身となってしまう。

自分が還俗したのは間違っていたのだろうか。大蔵卿局が福田寺に参ったとき、否と応えるべきではなかったか。長政を初めとする久政、亮政の幻聴を耳にしたがために還俗してしまった自分に今、み仏から罰が与えられたのかもしれない。喜八郎は思い悩んだ。妻を持った身、今さら寺に戻るわけにもいかず、かといって自分の方から姉を頼るのも自尊心が許さない。そんな時、妻の身内の世話で讃岐丸亀城主となった生駒一正のもとに身を寄せることになる。

喜八郎が時代の浪に翻弄されている時、姉淀殿もまた豊臣の世継ぎを産んだがゆえに、怒涛の真っ只中にいた。喜八郎は讃岐にいても大坂の情勢が気がかりでならなかった。伝わってくるのは淀殿のよくない噂ばかりである。正直いって喜八郎はこの時になって初めて姉淀殿の身を心から案じるようになっていた。

淀殿（茶々）

茶々でございます。何と愛らしい名でしょう。わたくしの尊敬する亡きお父上が名づけてくださったのです。「茶々さま」と呼ばれますと幸せだった小谷のころが思い出され、お茶々、お茶々とわたくしをお呼びだったお父上のお顔がおぼろに浮かんで参ります。

ところが、秀吉殿の側室となり、鶴松、秀頼を生んでからのわたくしはしだいに悪名高い女となっていくのです。いや、理不尽にも悪名高き女にされていくのでした。太閤様ご生前はまだしも、その後の言われようはわたくしをおとしめ、豊臣離れを画策するための手段としか思えません。

権勢欲が強く、乱操の女。さらには豊臣家を滅亡に追いやった張本人とまでいわれたのです。果たしてわたくしは本当に悪女であったのでしょうか。わたくしのせつない思いを聞いていただきとうございます。

わたくしが一人の人間として目覚めたのは恥ずかしいことですが、北ノ庄城での母の自害を直前にしてでございました。それまでのわたくしども姉妹は母の庇護のもとで何不自由なく暮らしていたのです。お父上のことを語る母によってお父上は今なおわたくしどもの側にいらっしゃる、そんな思いさえ抱いていたのです。

ところが、天正十一年（一五八三）四月、その日のお母上は別人のようでした。三十七歳にはとても見えない、美しいお顔が青ざめ、能面のようなお顔をじっとわたくしどもに向けておいででした。

「頼みましたぞ、茶々。初と小督を」

「存じております。亡き人の菩提を弔うこと、二人の妹たちの将来、茶々は命をかけてまっとういたします」

「それでは大蔵卿、姫たちを我が子と思うて養育してくだされ」

落城後、秀吉殿のもとに連れ出されたわたくしどもは、わたくしの強い要望で、忌み明けの日まで大伯母、見久尼さまの住まい、江北の実宰庵で過ごすことになったのです。秀吉殿はわたくしの願いを上機嫌で受け入れ、小督などは、

「恐ろしいお人かと思っていたら、優しい人ですね、姉上」

と、すっかり気をよくしておりました。するとお初が

「小督、優しい言葉には気をつけなければいけませんよ。あのお方は兄上を串刺しの刑になされたお方なのですから」

「でもそれは伯父上信長殿の命令であったからでしょ」

秀吉殿から贈られた京の美しい小袖を身につけて嬉々としている小督を見てわたくしと大蔵卿局は思わず顔を見合わせ苦笑したものです。

わたくしが実宰庵に立ち寄ったのは、お母上と勝家殿の菩提を弔いたいと思ったからでございます。魂は四十九日、宙をさまようと聞いております。せめてその間だけでもお母上にわたくしどもの経を聞いていただきたい。伊勢にいたころ雲の上のお父上に向かってみんなでお経の唱和をしたように。願わくばこのまま大伯母さまのもとで暮らしたい。そう思いはしましたが、それが不可能であることの分別はわたくしにもついておりました。

その後、安土城でしばらく過ごし、わたくしどもは迎えのお籠に乗っていよいよ大坂城に参ったのです。初めて見るお城は今までのどのお城よりも大きく立派なものでした。城内には驚くほどの人々が行き交い、わたくしははじめ、別世界に入り込んだような違和感を覚えたものです。

小督はひっそりとした暮らしにあきあきしていたのでしょうか。

「姉上さま、ここは天国のようですね。秀吉殿はなんでも与えてくださいますし。

浅井家に関わる女たち――淀殿

淀殿画像（奈良県立美術館蔵）

それにわたくしが城内を歩くとみんな振り向くのですよ」

「それはね、姫さま方がそろいもそろってお美しいからでございますよ」

大蔵卿局の言葉に小督は深く考えるふうもなく、得意になっております。わたくしと初はまだ何もわかっていない小督を見て弱々しく微笑んでいました。

こんな小督でしたから佐治与九郎殿のもとへ輿入れしないかと秀吉殿から言われた時、二つ返事で承諾してしまいました。もっともわたくしどもは否といえる立場ではなかったのですが。小督が後年申していたことがございます。「あのころ、わたくし、花嫁姿に憧れていましたの。それに与九郎殿はお犬叔母さまのお子ですし、お犬叔母さまはお母上の妹御で、お母上にとてもよく似ていらっしゃるとお聞きしていましたもの」

実際には小督が嫁いだ時にはお犬さまは京都の細川氏と再婚されていたのです。

天正十五年（一五八七）には初も京極高次殿と結婚し、母の遺言が守れたことをわたくしは嬉しく思いました。とはいえ、小督は小牧・長久手の戦いの後、離縁となりわたくしのもとに戻ってくるのでございますが。

「秀吉殿が、『小督さまにはもっとよい相手を探して進ぜよう』と申されていました」

十二歳の妹があどけない顔でそう申すのをわたくしはいたわしく見つめていましたが、小督が案外傷ついていない様子なのがせめてもの慰めでございました。わたくしには秀吉殿の目論みはわかっておりましたが、気づかないふりをしていたのです。初も感じていたようで
「姉上、ここにずっといると、いずれは秀吉殿の側室にさせられてしまいますよ」
と心配そうな顔をするのです。ならばわたくしはどこへ行けばよいのでしょう。大坂城に参ったときからわたくしはすでに籠の鳥であったのです。

秀吉殿はご多忙でしたが、わたくしのもとへもご機嫌伺いと称してお出でになり、

「茶々さまはますますお市さまに似て参られましたなあ。さあ、この小袖を身につけてごらんなされ。うんと昔、まだお市さまがこのような柄の小袖を着ておられたことを覚えておる。お市さまは信長殿、御家来衆の憧れの的じゃった」

わたくしは鳥肌立つ思いで秀吉殿の話を耳にしておりました。大坂城にきてから早、三年、わたくしは二十歳を過ぎ、適齢期を過ぎていたといえましょう。

秀吉殿はわたくしをむりやり側室にしようと思えば容易にできたでしょう。が、わたくしの気持ちが動くのをじっと待たれていたのです。

「姫さま、もはや頼りになるのは秀吉殿を置いて他にございません。確かにあのお方は憎き仇敵です。しかし、それが戦の世のならいというもの。いたずらに抗うよりもあのお方の好意を受け入れなさるのも一案かと思われます。そうすればお父上、お母上の法要も許されるやもしれません。さらにはお父上の菩提寺の建立も夢ではございますまい」

大蔵卿局はそう申すのでした。

わたくしが側室に上がったのはそれからまもなくでございます。五十二歳の秀吉殿は亡きお父上長政殿より十も年上、二十歳過ぎのわたくしにはずいぶん老いた人に思えました。すると大蔵卿局が申すのです。

「お茶々さま、京極竜子さまのお母上、マリアさまをご存じでございましょ。あのお方が高吉殿とご結婚されたとき、お父上の久政殿より二十も年上であられたのですよ。しかもお二人の間には竜子殿、高次殿…と次々お子がお生れになったのでございますよ」

竜子さまはすでに秀吉殿の側室となって寵愛を受けていらっしゃいました。

「わたくしには昔から妙な勘が働くのですよ。お茶々さまは必ずお世継ぎをお生みになられる。そんな囁きがどこからか聞こえてくるのです」

淀殿が産所とした京都市伏見区納所《のそ》の妙教寺（旧淀城跡）

「でも秀吉殿には今だに実子がございません」

わたくしが小声でそう言うと大蔵卿局は大きくかぶりをふるのです。

「秀吉殿には子種がないという人がいますが、実は長浜城主時代に側室南殿は男子を一人産んでいらっしゃいます。早生した子は石松丸秀勝と名づけられていたそうです。その他にも姫がお一人。いずれもお亡くなりになったそうでございますが」

わたくしを見つめる大蔵卿局の眼は真剣でした。


大蔵卿局の予言は的中し、わたくしは天正十七年(一五八九)五月二十七日、産所として全面修復された淀城で待望の若君、鶴松(棄《すて》)を出産したのです。世継ぎの実子を諦めていた五十三歳の秀吉殿のお喜びをご想像くださいませ。以後、わたくしは淀の方、淀殿と呼ばれるようになったのでございます。

「姫さま、いや淀の方さまはなんとお幸せなお方でございましょう。今こそ、念願を叶える時でございます」

局に言われるまでもなくわたくしはその時がきたことを感慨深く思っておりました。

「殿下はわたくしにご褒美として望みのものを与える、とおっしゃってくださいました。わたくしの願いはただ一つ、亡き父母の追善供養を行うことでございます」

秀吉殿はわたくしの願いを二つ返事で承諾してくださったのです。高野山持明院には、この時、画工に描かせたお父上とお母上の画像が今もかかっております。

ところが、喜びも束の間、鶴松はわずか三歳で病死してしまうのです。悲嘆の中、再び我が子の誕生を秀吉殿は夢見られ、その努力を重ねられるのです。小田原出陣の際、殿下はわたくしを陣中にお呼びになったことがございました。そのとき勝ち戦となったからこの度の朝鮮出兵のための前線基地、肥前名護屋城にも縁起がよいからわたくしを連れて行くと申され、何ヶ月かそこに逗留したのです。もちろん大蔵卿局も一緒でした。局はまたも

「お方さま、近々必ずご懐妊なさいますぞ」

とまるでお告げ人のように申します。

秀吉殿の執念が実ったのでしょうか。わたくしは二度目の懐妊をしたのです。文禄二年（一五九三）八月三日大坂城二の丸で男子、拾《ひろい》（秀頼）を出産したのでした。秀吉殿の驚喜する姿とは裏腹に、関白職を譲り受けていた養子秀次殿の不

安に満ちた顔がわたくしには気がかりでございました。血を分けた我が子ほど可愛いものはない。秀吉殿は辺りかまわずそうした態度で若君に臨まれたのです。

妻たちの誰もが成し得なかった快挙をわたくしは遂げたのです。確かにわたくしにとって大いなる誇りでした。いよいよ念願のお父上の菩提寺を建立したい。わたくしは二度目のご褒美として秀吉殿に願い出、京都に養源院を建立したのです。養源院とはお父上長政殿の院号でございます。

「お方さま、これ以上の喜びがございましょうか」

大蔵卿局をはじめ、浅井家ゆかりの侍女たちと喜びをかみしめていました。

その六年後、慶長三年（一五九八）八月十八日、秀吉殿は秀頼君のことを案じながら六十二歳でお亡くなりになったのです。このとき伏見城にいたわたくしと秀頼君は翌年の一月大坂城西の丸に移ったのです。わたくしどもと入れ替わるようにおねさまは大坂城を出て京都に移られたのでした。


このことが、「淀殿は権勢に執着し、おねさまを追い出した悪人だ」といわれる元になったようです。これはまったくの中傷で、わたくしを陥れようとする者どもの企みでございました。

わたくしは秀吉殿から「秀頼を立派に養育するように」と遺言を託されていた

豊臣を守り秀頼を守るため寺社へ奉仕をし、ご加護を受けようと淀殿は一心に寄進を続けた。そのひとつ竹生島宝厳寺

のです。そのことはおねさまもご存知で、

「わたくしは京都で静かに秀吉殿の菩提を弔いたい」

と申されていたのです。

このころ暗黙の了解として、跡継ぎが幼少のとき妻には養育、補佐、執政という役目と、亡夫の菩提を弔うという二つの役目がございました。わたくしは前者を、おねさまは後者、つまり剃髪し尼となって菩提を弔うというふうに、お役目を自然と分かつことになったのでした。


勝ち気で傲慢、というわたくしの印象はつくられたものであり、平成の世になってもなお、悪女のように見られていることをわたくしは悲しく思います。わたくしがいかに一途で芯の強い女人であったか、こころあるお方はご存知でしょう。秀吉殿亡き後、「秀頼君を守《も》り立て豊臣家を存続させていかなければならない」とわたくしはかたくななまでに思っていました。そのため、誤解をうける点が少なからずあったのかもしれません。不徳のいたすところでございます。

また心のどこかに浅井の血を絶やしたくないという使命感もございました。義弟浅井喜八郎がいましたが、わたくしも人並みの親、我が子がかわいくてなりません。秀頼を守ろうと我が身を鼓舞し、時には権高になったこともあるかもしれません。それもひとえに我が子かわいさゆえの心の闇とお笑いください。豊臣家に誓詞を誓った五大老、五奉行といえども心中は何を考えているのかわかりません。加えて頼みとした妹たちもしだいにわたくしから遠くなっていきました。

初の夫、京極高次殿はわたくしの懇願にも関わらず関ヶ原の戦いで徳川方についてしまったのです。その後、豊臣、徳川の和解策として秀忠と妹小督の幼い娘、千姫を秀頼君の妻として大坂城に迎えたのですが、徳川殿の動きはますます豊臣家をないがしろにしたものになっていきました。

わたくしは日に日に孤立感と焦燥感を強くしていったのです。居丈高な言動が時にはあったとしても、秀頼君を守るのは一部の側近と自分を置いて他ない、という気負いが言わせたのでしょう。

わたくしは豊臣家、つまり秀頼君を守るために寺社に奉仕し、ご加護を受け、一連の難局を乗り越えようといたしました。それが豊臣方の財源を消費させようとする家康殿の策であることがわかっていても、わたくしは神やみ仏に祈らないではいられなかったのです。

しかしながら、もはや世は徳川へと向いていたのです。だからといってあの謀略家の家康殿の意のままになることができましょうか。わたくしは何よりも義を重んじられた亡きお父上の娘でございます。

とうとう大坂夏の陣、冬の陣を迎えることになってしまったのです。妹お初（常高院）はわたくしどもを思い、和解のために懸命に働いてくれました。お初はせめてわたくしと秀頼君の命だけでも、助けたかったのでしょう。が、家康という御仁はそれほど甘くはございません。わたくしには家康殿の腹が見えておりました。

大坂城は炎上し、最期の時が迫っています。千姫を城外に脱出させた直後のことでございます。わたくしの耳元でお母上の声が聞こえて参りました。お顔に仄かな笑みさえ浮かべ、手招きをしておいでです。

「亡き母上さまがお導きです、さあ、秀頼殿、あの世へ参りましょう」。元和元年（一六一五）大坂城山里曲輪《やまざとくるわ》糒庫《ほしいぐら》で側近らとともにわたくしは四十七歳の生涯を終えたのでございます。

関ヶ原浪人の後、讃岐の生駒氏に仕えていた喜八郎は大坂の陣を前に大坂城にやってきた。関ヶ原の浪人たちの多くがそうであったこともあるが、喜八郎の場合は姉の淀殿と秀頼のために役立ちたいという一心だった。喜八郎はあらためて騒ぎたつ血の呼び声を思う。初もまた夫の高次の死後、大坂城に入っていた。今は剃髪して常高院を名のっているが、かつての初姉である。讃岐で浅井周防守と称し五百石をあてがわれていた身を喜八郎は振ったのである。

大坂城内は殺気だち、義弟とはいえ、喜八郎ごときは淀殿と気軽に話せる身分でもまた情況でもなかった。初も和議の使者として豊臣方と徳川の間を何度も往復していた。喜八郎は姉妹に会うことなく、他の浪人衆と一緒に行動をともにしていた。

ある時、偶然にも喜八郎は初の姿を見た。初も気づいて近くに寄ってきた。そして小声で口早に言ったのである。「命を無駄にしてはなりませぬぞ」と。死を覚悟していた喜八郎に奮戦しても死んではならぬ、という思いが起きたのはその時だった。

初の言葉が頭のどこかで息づいていたのだろう。喜八郎は大坂城炎上の中、かろうじて脱出することができたのである。再び浪人となった喜八郎は初の招きで若狭小浜に身を寄せる。大坂方残党の自分を引き取るのは初姉にとって相当な覚悟が必要であっただろう。

喜八郎はあらためて姉の苦労を思い、感謝する。だが、淀殿亡き後、常高院初以外に自分の引き受けてがなかったことも事実である。大坂浪人の喜八郎を徳川秀忠の御台所、小督が世話できるわけがない。

京極家の当主は高次から側室の子、忠高にかわっていた。困惑する忠高の顔が喜八郎には見えるようだった。苦肉の策として提案されたのが喜八郎の出家である。出家した喜八郎は作庵と名のり、京極家客分として五百石を受けることになった。これで初姉もようやく安堵したようだった。

とはいえ初姉は当主忠高に対してかなり気をつかっていたことがわかる。初の思いが若狭の常高寺に残された遺言状「かきおきの事」の中に見られる。「いまさら捨てられないので作庵のことをよろしく頼む」と。初の死後、そのことを知った喜八郎は厄介な存在の自分を初が死ぬ間際まで心配してくれていたことを知り、胸が熱くなったのだった。

京極氏は後に讃岐丸亀藩主となるが、作庵の子孫は丸亀藩士として続く。初は三姉妹の中で喜八郎が一番身内として甘え、世話になった姉だった。いまさら捨てられぬ…、喜八郎はそうつぶやき、姉の面影を追った。

京極初（常高院）

浅井三姉妹の次女であるわたくし、初は淀殿と呼ばれた姉茶々、将軍秀忠の正室となった妹小督に比べると後の世の人々にはあまり知られていないようでございます。けれどもわたくしは大坂の陣にて豊臣と徳川の和議の使者という大役を果たしたのでございますよ。女が和議の使者になるなど未だかつてないことでした。姉淀殿を助けたいという必死の思いから出た行動でした。しかし、結果的には和睦は偽謀《ぎぼう》で、家康殿に利用されたといえるかもしれません。このことをわたくしは後悔し家康殿を恨みはしましたが、反面、戦のない世の到来は喜びでもありました。

小谷落城の折、わたくしは四歳でした。父浅井長政の顔はかろうじて記憶に残っていましたが、事の次第がわかろうはずはございません。落城の恐怖のみが脳裏に刻みつけられていました。

その十年後、わたくしども姉妹は母お市が柴田勝家殿に再嫁したため越前北ノ庄城に参るのですが、一年後、再び落城の憂き目にあうのです。この時、十五の姉茶々を頭にわたくし十四歳、小督十一歳という多感な年頃でした。しかも義父勝家殿とともに母お市も炎の中で自害してしまったのです。炎上する城を幾度も振り返り胸がふさがる思いで落ちていったのです。皮肉にもわたくしどもを迎え受けていたのは敵、秀吉殿でした。

「秀吉にだけは世話になりたくないと思っていたが、姫たちを手渡すことになってしまった。無念でならないが、そなたたちは母の使命を受けて生かされたと思いなされよ」

この時、わたくしにはお母上の申された意味がまだよくわかっていませんでした。

天下人となった秀吉殿の庇護の下、まず嫁いだのは末の小督でした。十二歳という少女のような小督が嫁いでいく姿を見て痛々しく思ったものです。婿殿は織田信雄《のぶかつ》殿の配下、五万石の領主、従兄佐治与九郎殿です。

わたくしはその三年後の天正十五年（一五八七）やはり秀吉殿の命で京極高次殿に輿入れしたのです。

浅井歴史民俗資料館「お市の里」のジオラマ。小谷城で平和に過ごしていた長政とお市とその娘たち、その後三人の娘たちの数奇な人生は予想だにできなかったことであろう

「高次は長政殿の姉のお子、そなたとは従兄どうし。良い縁談だと思うがどうじゃな」

秀吉殿はわたくしにそう申されました。わたくしは内心、嬉しく思いました。高次殿とは越前の北ノ庄城で出会ったことがあり、わたくしども姉妹は親しい気持ちを抱いていたのです。

高次殿のわたくしへの思いはどのようなものであったか存じませんが、秀吉殿の申し出に否と言える立場ではございません。高次殿にはまた秀吉殿に対して弱みもありました。元近江の名家であった京極家でしたが、わたくしの実家浅井家にとってかわられ、その後、信長殿に仕えておいででした。

ところが、本能寺の変に乗じて高次殿は長浜城を攻撃し、光秀殿に加担なされたのです。姉竜子さまが若狭の武田元明殿に嫁がれていたので武田家と姻戚関係にある明智殿にお味方されたのでしょう。

ところが、秀吉殿の反撃があまりにも早く、形成の逆転を知った高次殿はすべてを放り、隠れてしまわれたのです。そして放浪の末、越前北ノ庄城の柴田勝家殿のもとに身を寄せていらっしゃったのです。お母上とわたくしどもは北ノ庄城で高次殿にお出会いし、びっくりしました。

高次殿は小谷の浅井館で遊んだことがある、と懐かしそうに申されましたが、

浅井家に関わる女たち—— 京極初

清滝寺徳源院（米原市柏原）の京極家の墓所

わたくしは少しも覚えていません。姉上はおぼろげに覚えておいでのようでした。わたくしども姉妹と高次殿は北ノ庄城で束の間の青春のひとときを過ごしたのでございます。

やがて高次殿は秀吉殿の側室となっていた竜子さまのお陰で許され、近江田中郷二千五百石を秀吉殿から賜り、わたくしが輿入れした時には大溝一万石の領主になっておいででした。さらに天正十五年（一五八七）の末ごろ、姉上が秀吉殿の側室になられてからは高次殿は加増を続け、天正十八年（一五九〇）には八幡城主、さらに文禄四年（一五九五）には六万石の、大津城主となられたのです。

一方、妹の小督は秀吉殿によって佐治与九郎殿と離婚させられ、秀吉殿の甥の小吉秀勝殿と再婚したのでございます。かわいそうな小督、と思いはしましたが、わたくしどもにはどうすることもできません。しかも一緒になってまもなく、秀勝殿は朝鮮へ出兵し異国で戦死なされたのです。小督のお腹にはややが宿っていました。

女児を出産した小督は三年後の文禄四年九月十七日、今度は徳川秀忠殿と三度めの結婚をするのです。いや、させられたといった方がよいでしょう。小督二十三歳、秀忠殿十七歳でございました。

「小督はまるで将棋の駒ではありませんか」

わたくしが高次殿に怒りをぶつけると、

「どんなことがあろうとも生きていることが肝心、小督殿にも必ずよい時がくる。長年、逼塞《ひっそく》した暮らしを送られていたお父上がよくそう申されていた」

高次殿はあの世の京極高吉殿を偲ぶように空の一点を見つめておいででした。


高次殿が数奇な運命を歩んでこられたと同様、わたくしども姉妹も似た境遇にあったといえるでしょう。そうした中、お家の隆盛のため、という高次殿とわたくしの共通の志が育まれていったのです。しかも高次殿は豊臣、徳川の二大勢力の姻戚という幸運を得られたのです。

慶長三年（一五九八）八月十八日、秀吉殿がお亡くなりになると世はたちまち大きく変わっていきました。このころからしだいにわたくしの力が発揮されていくのです。家康殿は慶長五年（一六〇〇）、上杉征伐に向かう途中、大津城に立ち寄られました。高次殿と会見されたのですが、この時、わたくしも妹小督の舅を手厚くもてなしたのでございます。高次殿と家康殿は密かに約束事を交わされていたようですが、わたくしは詳細は存じませんでした。しかしその後、高次殿の豊臣家に対する態度が変化してきたことを思うと、徳川方へ肩入れするよう高次殿は家康殿から求められていたのでしょう。

わたくしは複雑な立場でございました。豊臣家は姉淀殿、徳川家は妹小督、いずれに味方しても姉妹が敵対するのは避けられません。秀吉殿がお亡くなりになる十日前、わたくしに近江の二千四十五石の所領をくだされたのはこうした事態を予測してのことだったのかもしれません。

「お初殿、後々まで秀頼をよろしく頼みましたぞ」

息も絶え絶えに申された秀吉殿のお声が甦り、わたくしはますます困惑してしまいました。

初め高次殿は関ヶ原の役の前、石田三成殿に協力を約し、側室のお子、能若丸（忠高）を人質に送り、北国に出陣なされました。ところが、そこから軍を進めず、海津《かいづ》から船で大津城に戻り、籠城戦に入られたのです。ある程度予想はしておりましたが、ここで高次殿は豊臣方に決定的に背を向けられたのです。わたくしとて夫に従わざるをえません。姉上のことを思うとやるせない思いでございました。

怒った三成殿は毛利元康殿らの率いる西軍一万五千の大軍を差し向け、大津城を攻めにかかったのです。城兵の守りは固く、一致団結して戦いましたが、その間徳川の援軍もなく敗色が濃厚となってきました。この時、秀吉殿と親交の深かった高野山の僧、木食《もくじき》上人によって和睦が勧められたのです。後に知ることになる

西軍の大軍を大津に足止めをして戦った大津籠城戦で、大津城主京極高次はその功を認められ小浜城主となる。大津城の天主は彦根城に移り、今は浜大津に城跡碑をとどめるのみ

のですか、姉上もわたくしどものために奔走してくださったそうです。高次殿はやむなく開城、兵や老人、女、子供を含めた二千三百人を引き連れ、高野山へ退去なされたのです。

十二日間の籠城戦が終わった翌朝、関ヶ原の合戦が始まり、午後には東軍の勝利が決するのですが、わたくしどもにその報が届こうはずがございません。

「高次、よくぞ西軍の大軍を大津に足止めしてくれたぞ」

家康殿はそう申されたそうです。

その後、高野山で謹慎していた高次殿を家康殿は再三呼び出されましたが、主殿はさすがに不手際を恥じてすぐには下山しようとなされません。しかし、籠城の功が認められ高次殿は小浜城主八万二千石、さらに加増され九万二千石の大名となられたのです。わたくしは喜ぶ反面、これからの豊臣家のことを思うと暗澹とした気持ちになっていくのです。

それに引きかえ京極家の安泰は確かなものとなっていきました。が、わたくしには実の子がおりません。忠高は側室の子であり、次々子供を産む小督をわたくしは羨ましく思っていました。そんなわたくしによき機会が訪れたのです。慶長八年（一六〇三）、関ヶ原の戦後の豊臣・徳川の親善外交ともいうべき、秀頼君と千姫の結婚でございます。

常高院（京極初）肖像画（常高寺蔵・小浜市教育委員会提供）

豊臣と徳川の和睦はわたくしども姉妹の悲願でもあります。小督は臨月の身を押して七歳の娘の結婚に付き添い、伏見城に滞在中に四女初姫を出産したのです。見舞いに馳せ参じたわたくしは妹に懇願いたしました。

「いずれは忠高の妻にしたい。ぜひ姫をわたくしどもにいただきたい」

このとき、小督と秀忠殿の間には男子はまだ生まれていません。打ち続く姫の出産も有利に働いたのでしょう。わたくしは初姫を抱き、嬉々として小浜へ帰ったのです。京極家と徳川家の絆も磐石。一時断絶していた淀の姉上との関係も修復されてきました。徳川と豊臣もこのままことなく続いてほしいと願ったものです。

慶長十五年（一六一〇）、高次殿が、四十七歳で逝去なされ、わたくしは剃髪して常高院と称するようになりました。とはいえ、日々を念仏三昧で送ったわけではございません。豊臣と徳川の間に不穏な動きが再び活発になり、わたくしはむしろ今まで以上に行動的にならざるをえませんでした。徳川の優位は誰の目から見ても明らかです。賢い淀殿にそれがわからないはずはなかったでしょう。

「姉上さま、今大切なのは一大名と成り果てても豊臣の名を残すこと、すなわち秀頼殿と姉上の保身でございます」

わたくしは淀殿に向かって再三申しました。

ところが姉上は聞く耳を持たれなかったのです。そしてついに大坂冬の陣となったのでございます。わたくしは家康殿に請われるまでもなく、自分をおいて豊臣と徳川の和平を取り持つ者はないと意気込んでおりました。なんとしても姉上と秀頼様に亡き母上のような最期を遂げてほしくありません。わたくしの思いは小督の思いでもございます。わたくしは使者として家康殿と姉上、秀頼様との間を幾度も行き来いたしました。

城中に大砲がどんどん打ち込まれ、このまま自分も巻き添えをくってしまうのではないか、と生きた心地がいたしません。

「姉上さま、母上さまのお言葉をお忘れではないでしょうね『そなたたちは何としても生きねばならぬ。浅井の血筋を絶やしてはなりませぬ』と仰せになったではございませんか」

姉上の脳裏に一瞬、炎上する北ノ庄城で自害した美しいお母上の顔がよぎったようでした。姉上は悔しさをこらえ、城の外濠を埋めるという和平の条件を飲まれたのです。ところが、家康殿の本心は豊臣を滅亡させることにあったのでございます。わたくしがそのことに気づいた時は、時すでに遅しでございました。

冬の陣から半年後、元和元年（一六一五）五月七日、鬨《とき》の声とともに夏の陣が始まったのです。砲煙が立ち籠める中、姉上は家康殿の策謀を思い知らされ、憤りで唇を震わせておいででした。怒りは外濠を埋めるという和睦を勧めたわたくしに対しても向けられ、わたくしは秀頼様から物凄い剣幕で

「常高院は我が前に二度と顔を見せるな」

と申しつけられたのです。

落城を寸前にして大野治長殿は

「千姫を脱出させ淀殿母子の助命を願うべきだ」

と申されました。わたくしはそうした混乱の中、執拗に姉上を説得し続けるのです。だが、最後には、姉上はわたくしと口をきこうとなさらず、その表情には覚悟の程が見えていました。

「お母上さま、わたくしは母さま同様、誇りを大切にしとうございます。お情けの命になんの未練がありましょう」

城外に向かうわたくしの耳に火煙にのって姉上の声が聞こえてきたような気がしました。炎上する城を尻目にわたくしは命からがら迎えの輿に乗ったのでございます。

関ヶ原の戦い、大坂の陣と、喜八郎と同じような浪人の運命を辿った元武士は数えきれないほどいる。淀殿の侍女、お菊の父も同類であった。

　喜八郎は大坂城内で元浅井氏の家臣であったというお菊の父、山口茂左衛門に出会ったことがある。城内の浪人たちが屯しているので覗いて見ると、豊臣方の武将の品定めをやっていた。おもしろそうだったのでしばらく耳を傾けていると、近江出身だという男が真田幸村の武勇と人となりを滔々と話し出した。喜八郎は共感するところがあったので興味深く聞いていた。そして最後に男は、

「武士は義を重んじなければならない。今は亡き主君浅井長政公のように。ところがどうじゃ、豊臣恩顧の大名が尻尾を振って徳川方に走ったではないか。恩を仇で返すとはこのことじゃ。それがしはこの城を死に場所と決めたからには敵の首を十も二十も取るつもりだ」

「山口茂左衛門殿の仰せの通りじゃ。我らは違うぞ。どこまでも秀頼様を奉じ戦うぞ」

　気勢を上げる浪人たちの輪から抜け出した喜八郎は複雑な心境であった。姉常高院から必ず生き延びるように言われていたからだ。

　言葉を交わしたこともない、ただ通りすがりに勇ましい言葉を耳にしただけであったが、山口茂左衛門殿、と呼ばれた男の顔を喜八郎はしかと眼に刻みつけている。しかも山口と名のる男は藤堂高虎殿の浪人客分だったというではないか。高虎はかつて喜八郎が仕えていた大和郡山城主豊臣秀長の家老であった。東軍に走ったが実力のある重臣だった。

　長政・高虎の名が出たとき、一瞬、名のりを上げたい衝動にかられたが、喜八郎は押しとどまった。死ぬ覚悟が定まらない自分には浅井の名を口にすることができなかったのだ。

お菊（淀殿の侍女）

大坂落城の際の戦記ものはあまたございますが、わたくしの語った『おきく物語』は唯一女人による大坂落城体験談でございます。

お城が炎上する中、どのようにして脱出したか、戦国に生きた名もない侍女の知恵をご披露いたしましょう。

わたくしは菊と申し、淀殿にお仕えしていました。太閤様がお亡くなりになる二年前慶長元年（一五九六）に生まれ、八十三歳という長寿をまっとうしたのでした。淀殿にお仕えするようになったのは他ならぬ浅井家とのご縁からでございます。

わたくしの祖父は山口茂助といい、淀殿の亡きお父上、浅井長政殿にお仕えした千二百石取りの武士でした。父茂左衛門は浅井家滅亡後、藤堂高虎殿の浪人客分として三百石もらっておりましたが、大坂の陣の沙汰を聞き、大坂城中へかけつけ、討死することになるのです。

元和元年（一六一五）五月七日、あの落城の日、わたくしはながつぼね（城中の部屋）にいました。落城など思いもよらず、下女にそば粉でそば焼きをつくり、持ってくるように申しつけていたのです。ところがその後、

「城の東南の門（玉造門）、その他もところどころ焼けております」

と騒ぐので見晴らしのよい千畳敷の縁側まで出てみますと、なるほどあちこち燃えているではありませんか。

急ぎ部屋に帰ったわたくしは帷子《かたびら》を取出し三枚重ね着をして、下帯も三つして秀頼公から拝領した鏡を懐中に入れました。そればかりではございません。わたくしは万が一の時にと、周辺にあった竹ながし（竹筒に金銀を鋳込んだ竿金、一本七両二歩にあたる）を何本かもって城の台所から外へ出たのです。

城外に向かって一心に駆けていますと、物陰から抜き身のさび刀を持った男が現れ、

「金子《きんす》があれば出せ」

と脅し、わたくしは竹流しをやむなく渡したのです。その時、

「藤堂高虎殿の陣はどこか」

と尋ねると、男は
「松原口じゃ」

というので、

「そこへ連れていってくれ」

と頼むとまたまた金子を要求されてしまったのです。もし、着のみ着のままであればどうなっていたであろうかと思うと、背筋がぞくりとしてきました。が、一刻の猶予もございません。無我夢中で走っていますと、幸運にも城外へ脱出する常高院さまのご一行と出会ったのでございます。


今は亡き京極若狭守高次殿のご正室で、淀殿の妹御である常高院さまは徳川と豊臣の和議の使者となられ、決裂後も落城寸前まで城内にとどまっていられたのです。侍に背負われ、侍女や侍が付き従っている所へわたくしは駆け寄って行ったのです。もう恐ろしい男に脅されることもあるまい、と思うとほっとして全身の力が萎えていきました。

一行は森口のある在家に立ち寄り、若狭守京極忠高殿より到来したこわ飯を食べ、休憩するのでしたが、その中に秀頼公にお仕えしていた山城宮内《くない》の娘がおり

大坂城を脱出する常高院たち（『おきく物語』より）

ました。その侍女は帷子一つに、下帯も一つという出で立ちです。わたくしは難儀を思い、身につけている帷子と下帯を一つずつ譲ったのでございます。

常高院さまはこのあと、家康公へお召しにつき、迎えの乗り物で出かけられたのですが、その前に次のように申されました。

「女といっても城中にいた者たちですから将軍様からどんな御沙汰がでるやもしれませぬ。よろしくとりはからっていただくようお願いはするが、御下知にそむくことはできませぬから覚悟しているように」

命びろいをしたと喜んだのも束の間、わたくしどもは泣き悲しんでおりました。しかしながらおっつけお帰りになった常高院さまは

「いずれも皆、望みしだい、どこへでも送りつかわすとの仰せです」

と申されたのです。

命が助かったことを知ったわたくしは、にわかに父のことが気になり始めました。藤堂殿の浪人客分とはいえ、父はやはり旧主浅井家の姫、淀殿と秀頼公にお味方したいと思ったのでしょうか。大坂城へ馳せ参じたのです。

お城で具足を拝領したものの、戦場の目印となるさし物がなく、わたくしは父上のために白と赤の絹を縫い合わせて目印の小旗を用意したのです。父はたいそう喜び何度もわたくしに礼を申すのでしたが、あれが父のわたくしへのいとまご

いであったのでしょう。

　さてその後、わたくしは亡き太閤様の側室であられた松の丸殿のもとへ参ろうと京都へ向かったのです。宮内娘に同道を乞われ、二人一緒に京へ参るのでした。大坂での知り合いの町人を頼って行ったところ大坂の落人ということで一夜も泊めてもらえず、織田有楽《うらく》殿の子息左門殿の屋敷へ参ったのです。ここでもはじめは門内へも入れてもらえませんでした。

　そこでわたくしは声を大にして申したのです。

「宮内娘は左門殿の姪でございますぞ。それでも御いれなきや」

すると早々に中へ入れられ饗応されたのです。左門殿は「姪を一人拾った」と幾度も礼を申されました。四、五日左門殿のお屋敷に逗留したのですが、その間、あやしげな二階へ上がり、二人で隠れておりました。松の丸殿のもとへ発つとき、左門殿は姪を助けてくれたお礼にと、帷子と銀子五枚をくださいました。

　松の丸殿へ奉公することになったわたくしは二十歳になっていました。いずれどこかへ縁づきたいと思っていたのですが、やがて田中意徳殿と結婚したのでございます。田中家は京都の名の知られた医家で、わたくしの弟、甚左衛門も安芸の国にいましたが、後に医者になって意朴と名のっておりました。

　意徳殿は備前池田のお殿様から藩医として請われ、わたくしも備前に参り、そこで生涯を閉じることになるのです。備前に落ち着いて見るとわたくしが今まで過ごした大坂、京都でのことが夢のように思えてきました。わたくしは意徳殿を初め、周りの者たちに在りし日の大坂城内の様子を語らないではいられなくなっていったのです。

落城の少し前、鉄砲がどこからか飛んできて、侍女が打ちぬかれ、その玉のきた方向に幕が張られたこと。そうそう毎日、毎日餅がつかれ、局ごとに配られたりもしたのでございますよ。わたくしは侍女といってもたいそう近くでお仕えする身分でしたから、十六歳になられた千姫さまの鬢《びん》そぎの儀式も見せていただきました。秀頼公が碁盤の上に立たれた千姫さまの御髪を小刀で少し切りそめられたのですが、これより千姫さまは大人の女人としての扱いを受けられたのでございます。

成人なされたとはいえ、まだ背丈も低く初々しい姫さまを見申し上げながらわたくしは、七歳で嫁がれてきた幼い姫さまを垣間見たときのことを思い出しておりました。姫さまは転げた毬を追って駆けておいでになり、わたくしが拾ってさしあげると恥ずかしそうににっと笑み、奥へ戻っていかれたのです。千姫さまより少し年上のわたくしは初め淀殿の侍女というよりときおり姫さまの遊びのお相手にもなったのです。その千姫さまの夫、秀頼公も姑で伯母の淀殿も今は亡く、姫さまは今ごろ、どうなされていますことやら。

わが夫、意徳殿は医者であるからでしょうか、わたくしの話の中でもとりわけ毒味の話になると目をきらりと光らせるのです。御膳を城内の奥向きの一室、おすゑから出し、配膳の取次をするお手長《てなが》の者が受け取り、おすゑの者が毒味をするのでございます。それから御そば衆（近衆）へ渡されるのですが、時にはお手長の者が毒味をして出すこともあります。意徳殿はその話を耳にしながらなにやら難しい顔をなさっていたことがございます。かつて立ち合った、さるお方の毒殺事件を思い出しておいでだったのかもしれません。

世が落ち着いてくるにつれ、わたくしの半生は夢か現つか、定かでなくなるような時がありました。わたくしはそんな時、狭箱《はさんばこ》を持ち出し、当時の品を取り出し、まぎれもなく現つであったことを確かめるのです。

その狭箱には大坂城内での思い出の品が少々入れてありました。あれは落城前のことでした。京都から東福寺の月心《がっしん》和尚がお城へ参っていたのでわたくしは次のようにお願いしたのです。

「わたくしどもはやがて暇をいただき、京都へのぼります。それまでこれを預かっていただきたいのですが。もしそのうち落城ということになれば、亡き後も弔ってくだされませ」

といって、一つの狭箱に着ものや器などを入れたのです。

ご覧くだされ。これがわたくしが大坂城内で淀殿にお仕えしていた証、そして炎上する大坂城から命からがら逃げてきたわたくしの若き日の存在の印なのです。

わたくしの落城の際の生きる知恵、どうか後の世のみなさま、強欲だなどと、お笑いくださいませんように。

喜八郎は大蔵卿局との三度めの出会いが忘れられない。お市の方が北ノ庄城におもむく途中、福田寺で初対面をしているはずだったが、喜八郎には全く覚えがない。恐らくお市の方や姉妹たちに気を取られ、お付きの者にまで目がいかなかったのだろう。

二度めは大蔵卿局が使者として福田寺に還俗をすすめに遣わされた時である。そして三度め、近江から大坂へ参り、城内で待っていると姉茶々に付き添い局殿が静々と現れた。姉が懐かしそうに語る間も大蔵卿局は喜八郎をじっと見つめていた。その様子はあたかも品定めをしているようで子供ながら気持ちのよいものではなかった。

「於次丸殿にお仕えになっても茶々さま方のことを決してお忘れなきように。いざという時は必ずお力になってくだされ」

局殿は真剣な顔でそう言い、茶々からの贈りものの太刀を喜八郎に手渡したのである。

「み仏の世界と違って生身の人間の世は醜く辛いことの連続であるが、そなたも浅井の人間、誇り高く生きなされ」

年端のいかない喜八郎には局の言葉の深い意味が十分理解できたわけではなかったが、浅井の姉妹たちがこの強力な乳母によって守られてきたことだけはなんとなくわかった。

確かに還俗した喜八郎を待っていたのは福田寺でのような安らかな日々ではなかった。

喜八郎はまず刀の持ち方から学ばなければならなかった。毎日木刀を振り上げるため指に豆ができ、水泡が破れ、血まみれになっても木刀を持たされた。

殺生を禁じられていた身が、人殺しの訓練に毎日を費やすのである。武士とはなんと辛いことか、小坊主で過ごした方がよかった。十をいくつか出たばかりの喜八郎には還俗したことがときおり悔やまれるのだった。

局殿に最後に出会ったのは落城の五日ほど前であっただろうか。城内の武士が右往左往する中、局殿はきわめて冷静であった。

「わたくしの気持ちはすでに決まっておりますぞ。浅井の家臣は見苦しい振る舞いはいたしませぬ」

笑みさえ浮かべ去って行く大蔵卿局を見送りながら、喜八郎は自分の胸中を見透かされた思いだった。この時、喜八郎には「生きよ」という常高院の声が耳の奥に残り、潔く死ぬ覚悟がまだできていなかったのである。

大蔵卿局（淀殿の乳母）

わたくしの女主人、淀のお方さまに次いで後の世に悪名を残したのがわたくし、大蔵卿局でございます。悪評のゆえに大坂城落城以後三百九十年近く経っておりますのに今だに成仏できないでおります。この平成の世にこそ、わたくしの真意を知っていただきたいとこの場に登場したしだいでございます。

わたくしがお茶々さまの乳母として清水谷の浅井屋敷に参ったころ、浅井家は幸せに満ち満ちていました。

「大蔵卿、お茶々を頼んだぞ。そなたならきっと姫を気丈で利発な子に育ててくれるだろう。戦国の世を生き抜くためには姫もたくましくなくてはならぬ」

長政殿が申され、続けてお市さまも

「どんな境遇に置かれても誇りを失わない気概のある姫であってほしいものです」

と仰せになりました。美丈夫で家臣からも慕われている長政殿と後に『太閤記』に「その容貌をものにたとへれば、楊柳の風になびく如く、顔色の艶にうるはしきは芙蓉の露にいたむともいひつべし、東国一の美人にして…」とうたわれたお市さまに信頼しきった眼でそう言われ、忠誠を誓わない者がおりましょうか。わたくしはこの時、あの世に逝ってもお茶々さまに我が身を捧げようと思ったものでございます。

やがてわたくしは風のそよぎにもなびきそうな楚々としたお市さまの芯の強さを見せつけられることになります。浅井家と織田家が敵対関係になった時でございます。浅井家中でのお市さまの立場は針の筵に座らされているようでした。なのに、お市の方さまは少しも動じることなく平穏を保ち、あくまでも浅井の人間として振る舞っていらっしゃったのです。もっとも長政殿の強い愛と姑、井口殿のご配慮があったからでしょうが。わたくしはそうしたお市さまを拝見しながらお茶々さまの養育方法を学んだのでございます。

姉川の戦い、小谷落城とついに浅井家は滅び、わたくしはお市さまに従い清洲城に続き織田信包殿の伊勢のお城で暮らすことになります。気候の温暖な伊勢は

長浜市役所浅井支所前に建つ長政、お市とその子らの銅像。幸せな暮らしぶりが伝わる

落城の悪夢を忘れさせてくれる閑かな地でした。が、お市の方さまは朝夕長政殿の菩提を弔い、茶々、初、小督の三人の姫さまにお父上の在りし日のお姿をときにつれお話になるのです。お市さまが柴田勝家殿に再嫁されるまで十年近く、お市さまは自ら姫さま方の教育をなされたといってもよいでしょう。

　越前に嫁がれた一年後、悲しいことに北ノ庄城が秀吉殿に攻められ、勝家殿とともにお市さまはご自害なされたのですが、わたくしが乳母としての本領を発揮するのは実はこの時からでございます。

「大蔵卿、姫たちを頼みましたぞ。今後、秀吉の世になろうとも浅井の人間であることを姫たちに重々申してくだされ。長政殿もあの世からそなたを信頼しておられるであろう」

　わたくしは炎上する城を睨みながらお市さまのお言葉をかみしめておりました。予期した通り、秀吉殿はわたくしに近づいて参りました。心中煮え滾《たぎ》る思いですが、三人の姫の処遇がわたくしにかかっています。

「織田の叔父たちもいますが、いざとなれば信頼できるのは大蔵卿、そなただけです」

　重ねて申されたお市さまのお声が幻聴のように響く中、わたくしは秀吉殿と内々に会見したのでございます。秀吉殿の魂胆ははじめから見え透いておりました。お市の方が駄目なら、姉妹の中で一番お母上似のお茶々さまを我が側室に。口にはなさらないものの顔にはそのように書いてあるのです。

姫たちがお喜びになりそうな立派な小袖や髪飾りを京から持ってこさせ、お与えになるのですが、茶々さまだけはいつもそっぽを向き、嬉しそうになさいません。賢い茶々さまのこと、秀吉殿の心の内を早、洞察なさっていたのです。が、いずれにしろ、権力者、秀吉殿は姫を意のままになさるでしょう。わたくしはお茶々さまをただの側室に終わらせたくありませんでした。お世継ぎを生むお方さまになっていただきたかったのです。

秀吉殿には子種がないなどと密かにささやかれていましたが、実は長浜城の城主であったとき、南殿との間に石松丸君（秀勝）がお生まれになっているのです。不幸にも夭折されていますが、姫もお一人あったと聞いています。わたくしはこの事実に俄然勇気づけられ、一計を案じ、実行に移し始めたのです。

とはいえ、わたくしがいくら力んでも茶々さまがそのようなお気持ちになられないことには話になりません。秀吉殿の世話で末の妹の小督さまが嫁がれ、天正十五年（一五八七）には初さまが京極高次殿と婚姻を結ばれ、いよいよ茶々さまもご自分の運命を見定めなされたのでしょうか。

「お母上は秀吉殿の側室になることをお叱りにならないであろうか」

と申されたのです。わたくしはすぐさま、
「お叱りになるどころかむしろお喜びになるでしょう。お世継ぎを産み、浅井の正統の血脈を甦らせるのです」
と申し上げました。

天正十七年（一五八九）五月二十七日、棄と呼ばれた鶴松君がお生まれになったとき、実子を諦めなさっていた秀吉殿のお喜びはいうまでもなく、わたくしもお茶々さまと手を取り、熱い涙を流したものでございます。この慶事はまさしく勝ち戦以上のものでした。茶々さま、いやこれからは淀殿とお呼びいたしましょう。淀殿は早速秀吉殿に亡き父母の追善供養を願い出られ、十二月、長政殿の十七回忌、お市さまの七回忌のご供養をなされたのです。この時、秀吉殿はわたくしの夫、大野道犬に丹後の大野と摂津の地に合わせて一万石をお与えになったのです。もっとも表向きは夫の戦功ということでございましたが。

しかし喜びも束の間、鶴松君が三歳で病死してしまわれたのです。秀吉殿はもとどりを切り、さらに関白職をも秀次殿に譲っておしまいになるという悲嘆ぶりでございました。わたくしは悲しみに暮れる淀殿を励まし、次子の出産に向けて秀吉殿にお口添えをしたのです。小田原攻めの時と同様、朝鮮出兵に向けての九州の名護屋城に淀殿をお連れするようにと。秀吉殿もそうお考えであったらしく淀殿を伴って九州へお発ちになったのでございます。

淀殿が再び懐妊なされた時のわたくしの喜び、ご想像ください。ひたすら淀殿にお仕えしてきたわたくしでございます。「空の彼方からお父上とお母上が見守ってくださっています。今度こそ、病死などさせてはなりませぬ、いやさせませぬぞ」わたくしは固い決意で己れに言い聞かせていたのです。浅井の孫君が豊臣の世継ぎとなる、大きな声では申せませんが、わたくしと淀殿は心の中で喜びの声を上げていました。

文禄二年（一五九三）八月三日、期待通り若君、拾と名づけられた後の秀頼君がご誕生。淀殿は翌年五月、秀吉殿に願い出て、長政殿の菩提のために京都に養源院を建立なさったのです。完成した養源院にお参りしたわたくしは

「お殿様、このわたくしの手腕、いかがなものでしょうか。わたくしは決してお殿様やお市の方さまの信頼を裏切るようなことはいたしません」

そう申し上げながらすこしばかりよい気分でございました。

人の一生に頂点があるとすれば、このころがわたくしにとって一番よい時であったかもしれません。秀次殿亡き後、豊臣家を継ぐものは間違いなく秀頼君でござ

います。大坂城の大奥は正室おねさまの側近孝蔵主《こうぞうす》殿が取り仕切っていらっしゃいましたが、おねさまにはお子がなく、いざというときの強みがわたくしどもにはございます。秀吉殿はわたくしを陰の功労者として扱ってくださり、治長をはじめとして息子たちも若君に心からお仕えしていました。

しかしながら慶長三年（一五九八）秀吉殿の死を境にわたくしはある予兆を感じ始めたのです。このことは淀のお方さまにも申し上げることができませんでした。それは天上に牽かれていくような滅びの予感であったからでございます。小谷と北ノ庄の二度の落城を目のあたりにしたわたくしには哀しいかな、奇妙な霊感が息づいてしまっていたのです。それを証すかのように関ヶ原の戦い、さらに家康殿は方広寺の鐘銘事件など、豊臣方に次々難題をふっかけてきました。

この時期、わたくしが比較的落ち着いて淀殿にお仕えできたのはそれなりの覚悟ができていたからでしょう。わたくしは豊臣と徳川の間の使者として右往左往する片桐且元殿が哀れでさえありました。あのお方はいずれ徳川の人間になるであろう、とさえ思っていたのです。

大坂冬の陣に続き夏の陣。大坂城が天を覆うかのような炎を上げる中、わたくしは山里の廓で淀の方さま、秀頼様、治長たちと最期の杯をくみかわしておりま

福井県北ノ庄城のお市の方像

した。お初さまが大坂城にとどまり、姉君と秀頼様に「降伏しても生きる道を」と懇願なされたのですが、淀の方さまも秀頼様も生きて恥をさらすよりもと、誇りをお選びになったのでございます。わたくしはお手を握りながら

「茶々さま、ようご決意なされました。お母上もご満足でありましょう」

と申し上げました。

お茶々さまが北ノ庄城でのお市の方さまの最期に重なっていく中、わたくしはお役目を終えたことへのある種の恍惚感すら抱いていたのです。秀吉殿子飼いの大名たちばかりでなく、敵方に寝返る者が続出する中、息子たちとともに最期の際までお茶々さまと秀頼様に忠誠を尽くし、あの世にお供できたこと、これ以上の幸せがありましょうか。

わたくしには一つ気がかりなことがございます。それは淀殿と治長のことでございます。二人は恋人どうしであったなどといわれているようですが、最期の際まで女主人と家臣の間柄でした。ただ乳兄弟であったため肉親のような慕情を互いが抱いていたことは確かでございます。大名たちが次々徳川に寝返り、実の姉妹でさえ、信じられなくなっていられた淀のお方さまです。わたくしども親子が唯一頼りであり、従って不安な心の内を治長に語っていらっしゃるところを徳川方の人間に見られることもあったのでしょう。お方さまも治長も家康殿の豊臣つ

ぶしの餌食になったのでございます。

豊臣家を滅ぼしたのは淀殿だといわれたりもしますが、淀殿とわたくしはひたすらお市の方さまの遺言をまっとうしたにすぎません。徳川から捨て扶持をもらい、生きることを選んだおねさまと違い、茶々さまは死と引き替えに誇りを選ばれ、さらに奇しくもお市さまの遺言は叶ったのでございます。徳川秀忠殿に再嫁された小督さまは浅井の血脈を後世にお残しになったのです。小督さまのお子、家光殿は三代将軍におなりで、和子《まさこ》さまは後水尾天皇に嫁がれ、そのお子は明正天皇となられました。それにもうお一方、庶子の浅井喜八郎殿がおいでです。淀殿亡き後、お初さま（常高院）が喜八郎殿の行く末をお引き受けなされたとのことです。そのお陰でご子孫は京極丸亀藩士として代々続いたのでございます。

わたくしどもは遥か彼方からこの世の不思議を眺め、名誉挽回を願っているのでございます。

大坂浪人となった喜八郎を次姉常高院は小浜に呼び寄せた。淀殿亡き後、姉は喜八郎のめんどうを見るのは自分しかない、と思っていたようだ。命からがら大坂城を脱出した喜八郎は大坂方の残党狩りを免れ、しばらく若狭の寺に潜んでいたのである。

「そなたも松の丸殿にお会いしたことがあるだろう。わたくしなどは竜子さま、と呼んでいたのだが。竜子さまはお優しいお方じゃ。秀頼君のお子、八歳の国松君が斬られたのは存じているであろう。このたび竜子さまが国松君の亡骸を引き取り、帰依していられる京都の誓願寺に葬られたそうじゃ。竜子殿にとっては孫、わたくしにとっても甥の子、これで胸のつかえがおりた」

姉は徳川の手前、自分にはそれができなかったことを悔いてでもいるような口ぶりだった。

その後も松の丸殿は秀吉殿の菩提と豊臣家一族のために毎日、経をあげていると聞く。秀吉は松の丸が美しかったというだけでなく、優しい女人であったからこそ寵愛したのだろう。松の丸とは大坂城であったのが最初の最後であったが、年は離れていても従姉と思うせいか、今も喜八郎は慕わしい気持ちを抱いている。零落はしても京極の姫として育った気品が竜子には備わっていた。

松の丸殿（京極竜子）

太閤様がお亡くなりになった後、天下は日に日に騒々しくなっております。わたくしは正室おねさまと同じく仏門に入り、秀吉殿の菩提を弔う日々を京の誓願寺で送っていましたが、弟、京極高次殿の招きで大津城に滞在しておりました。

弟や母上、初さまにお会いしたいという思いもありましたが、実は長年の悲願を遂げたかったのです。近江の海津には夫武田元明殿が眠る宝幢院《ほうどういん》がございます。その宝幢院へのお参りを願いながら、秀吉殿がお亡くなりになるまでは自ら固く禁じていたのです。

わたくしは若くして若狭守護武田元明殿に嫁ぎました。当時の武田氏は京極家同様、盛時の面影はなく、結婚後まもなく夫は越前朝倉義景に攻められ、人質として一乗谷に連れゆかれたのでございます。朝倉氏が信長殿に滅ぼされるに及びようやく夫は小浜に帰って参りました。しかし、後背山城《のちせやま》は丹羽氏に委ねられ、わたくしどもは微禄をもらい小浜の神宮寺に住んでいたのです。姫も生まれ、わたくしにとってはささやかながら幸せな日々でございました。

ところが、思いがけない出来事、天正十年（一五八二）本能寺の変が起こり、元明殿は弟高次と一緒に明智殿にお味方したのです。その咎で同年七月十九日、元明殿は宝幢院に呼ばれ、秀吉殿に詰め腹を切らされたのでした。

神宮寺に命からがら逃げ帰ってきた家臣の声を今も忘れはいたしません。

「奥方さま、直ちにお逃げくださない」

その一言ですべてを悟ったわたくしは急ぎ供のものをつけて子供たちを逃がしたのです。奥方さまもご一緒に、と家臣は申しましたが、三人一緒だと人目につきやすいと考えたのです。何事も素早いことで有名な秀吉殿、追っ手が疾風のようにやってきてわたくしはたちまち捕らわれの身となり、秀吉殿の側室に余儀なくされてしまったのです。

わたくしは苦しんだ末、ある境地に達しました。この上はいつまでもくよくよと思うまい。わたくしとて落ちぶれたとはいえ近江源氏の名門京極高吉を父に、浅井久政の娘、京極マリアを母に持つ武将の娘。側室となったからには秀吉殿のお子を産んでみせましょうと心に誓ったのです。わたくしの望みは叶いませんで

浅井家に関わる女たち——松の丸殿

高島市マキノ町海津の宝幢院

したが。

それから長の年月が経ち、秀吉殿もあの世へ逝ってしまわれました。今やっと念願の法幢院の墓前に立ったわたくしは感無量でございます。彼岸花が墓石を取り巻き、あと一月もすれば満開となりましょう。

「元明殿、お許しください」

わたくしは跪き、ひたすら手を合わせました。瞑目する私の眼裏に在りし日の元明殿が現れ、弱々しく微笑んでいらっしゃいます。青白いお顔ですが、何やらおっしゃっています。

「お怒りではなかったのですか」

わたくしは思わず申し上げました。

「何を怒ることがあろうか。すべては戦国の世のやむにやまれぬ所業なのだ。美しい竜子が残酷な目に会った末、殺されるなら話は別だが。秀吉はそなたを大切にあつかってくれたようだ。それで十分ではないか」

わたくしは言葉もなく殿の面影を追っていました。

「そなたの祖母、浅井の井口殿のように毎日指を一本ずつ切られた上、殺されるというようなことになれば、それがしもおちおちとこの寺に眠っていることもできなかったであろうよ」

宝幢院にひっそりたたずむ武田元明の墓

さらに殿はそう言ってからからとお笑いになったのです。

「そんなご冗談を申されて」

と眼を開けた途端、殿のお姿は消えていました。気品のある風貌のお方でしたが、ご機嫌な時は冗談を申され、よくわたくしどもをお笑わせになったものです。

「竜子さま、何をお笑いになっているのでございますか」

「殿はね、わたくしを許してくださったのですよ。もしわたくしが苦渋のうちに生きていたら元明殿は幽霊になって秀吉殿のもとへ現れなさったかもしれません」

若狭以来、苦楽を共にしてきた侍女は口を押さえ笑う一方、涙を浮かべています。思えば秀吉殿も愉しいことがお好きなお方でございました。わたくしが哀しそうな顔をしているとなんとか笑わせてやろうと苦心なさったものです。目を患った時には母と一緒に有馬へ湯治に行くよう手配をしてくださったり。


旧武田の家臣の中には秀吉殿の側室になったわたくしを快く思わない者もおりました。しかし、生きてこそ、人は人としての値打ちを発揮できるのです。秀頼君をお産みになった淀殿はわたくしとは従姉どおし。その淀殿に若君がお生まれになってわたくしに秀吉殿のお子が授からないのはなぜなのでしょう、と母上に嘆きましたところ、イエス様を信仰なさっている母は申しました。

「そなたにもし、秀吉殿のお子が生まれていれば、今以上に苦しむことになるでしょう。元明殿とのお子を陰ながら見守ることがそなたの役目なのですよ」

わたくしは母の言葉をただちに納得しかねましたが、母の申す通りでございます。それにつけ秀吉殿の最晩年ともいってよい醍醐の桜見物での出来事を思い出します。わたくしは年甲斐もなく、どちらが先に秀吉殿の杯を受けるかで、淀殿と杯争いをしてしまったのでございます。

おねさまと前田のまつさまがその場を取り成してくださったのですが、淀殿とは従姉妹どうしであるだけにわたくしは悔やまれてなりませんでした。淀殿としては秀頼君を思うあまり、自分の立場を誇示したかったのでございましょう。子を思う母の心の闇から出た言葉ととるべきなのに、わたくしは許せなかったのでございます。心の狭かったわたくしを今さらながら恥ずかしく思います。

「元明殿、また参ります。もう誰に遠慮することもなくあなたさまの前でわたくしの繰り言を聞いていただくことができます」

墓参を終え、ほどなくしてからのことでございます。わたくしはそのまま大津城にとどまっていたのですが、西軍の石田三成殿と徳川家康殿の仲がいよいよ険悪になり、明日にも合戦が始まりそうな雲行きです。弟高次と初殿の困惑は端で見ていても気の毒に思われ、胸が痛みました。初の姉淀殿は大坂方、妹の小督殿は徳川秀忠の正室。どちらについても敵を作ることになってしまいます。家康殿の使者が大津城に参ったり、西軍の石田三成殿の使者が参ったりで大津城は日に日に慌ただしさを増していきました。

ついに三成殿の要請に抗しきれなくなった弟は西軍に味方するべく北陸に向かって出発したのです。ところが、どうしたことか、やがて船で琵琶湖を渡り大津城に戻り、籠城してしまったのです。報せはたちまち西軍に届き、西軍の大軍が湖と陸から完全に城を包囲してしまいました。

わたくしたちは戦のただ中に置かれてしまったのです。恐れている暇などございません。たちまち戦の準備に追われていきました。初殿はさすが、越前北ノ庄で落城を目のあたりにしたお方、たすきをかけ甲斐甲斐しく女たちを陣頭指揮していらっしゃいます。

そのうち長等山に陣取った立花宗茂軍が大砲を打ち始め、三の丸、二の丸と瞬く間に落ち、ついに本丸だけとなってしまいました。

「竜子さま、あぶ…」

侍女の叫び声が耳の奥で確かに聞こえておりました。が、爆音とともにすべてが闇の中に消えていったのでした。

松の丸殿画像（誓願寺蔵）

「竜子、竜子殿」

母の声が幻聴のようにたゆたい、わずかに頬を打たれている感覚がございました。

「八重がそなたの身代わりになってくれたのですよ」

母の言葉は朦朧とするわたくしの頭を一気に正気に戻してくれました。

落城寸前の大津城でしたが、奇しくもおねさまと淀殿の仲立ちもあり、和睦が成立したのでございます。使者に立たれたのは高野山の木食お上人様。高次殿は和睦を恥じて高野山に入り、わたくしは京に戻ったのでございます。関ヶ原合戦の前日、九月十四日のことでした。

さて、わたくしのその後でございますが、八十歳という長寿をまっとうさせていただいたのでございますよ。その間、一番心が痛んだのは元和元年（一六一五）、豊臣家の滅亡でございます。淀殿と秀頼殿にどんな屈辱的なことがあろうとも生きて欲しいと願いましたが、お二人の誇りがそうはさせなかったのでしょうか。それとも家康殿は必ず豊臣家を滅ぼす魂胆であることをお二方は見抜いていられたのでしょうか。

正室千姫さまとの間にはお子はございませんでしたが、側室成田氏の女殿には国松君と姫がいらっしゃいました。姫さまは千姫さまの養女となって天秀尼として鎌倉の東慶寺にお入りになりました。一方、国松君は捕らえられ、京で処刑となったのでございます。わたくしは若君の遺骸をもらい受け、誓願寺に埋葬させていただきました。武門のならいとはいえ、なんと残酷なことでございましょう。

今は亡き弟高次殿は秀吉殿の側室であったわたくしのお陰で出世した「蛍大名」だ、などと揶揄する者もございましたが、わたくしはそのことをかえって誇りに思っております。人は耐えながらも死より生きる道を選ぶべきではないでしょうか。これが八十年生きたわたくしの後の世の人に贈る言葉でございます。

思えばわたくしもずいぶん数奇な生涯を送ったものでございます。その間お出会いした方々の面影が懐かしく眼前を通り過ぎてゆきます。

追伸

わたくしは寛永十一年（一六三四）にあの世へ旅立ちました。墓所は京都の誓願寺にございましたが、明治になって国松君の墓とともに東山区の豊国廟に移されたのです。今も頂にある秀吉殿の墓をわたくしは下から見守っております。小督殿は寛永三年（一六二六）、お初殿はわたくしより一年早い寛永十年（一六三三）に逝去なされ、気がつくと浅井の女たちの中でわたくしが一番長生きしていたのでございます。

第二部　近江戦国の女たち

浅井氏に関わる女たちはむろん、戦国の近江に生きた女たちを喜八郎ほどたくさん知っている男はいないだろう。本能寺の変とも関わり、まず喜八郎は玉子（細川ガラシャ）との因縁を思わないではいられない。

もし本能寺の変が起こらなければ喜八郎は僧として一生を送っていたかもしれない。信長の死は喜八郎にとっても人生の大きな転換点であった。ものごころつく年ごろになっていた喜八郎の耳に本能寺の変が伝えられ、それからまもなく光秀の娘、玉子（細川ガラシャ）が丹後の奥地へ幽閉されたという噂が伝わってきた。寺では「無情な信長殿のこと、天罰が当たったのだ」と光秀に同情的であった。

秀吉の使者大蔵卿局がきたのはそれから二年近く経ったころだった。局は浅井の姉妹の文も携えていた。それより前に住職には還俗のことを記した文が届けられていたようだ。「万寿丸、そなたには浅井の血が流れている。姉上と手を携え、浅井家の復興に努力なされよ」。

住職の言葉は小坊主の万寿丸にとって絶対的であった。

大蔵卿局が福田寺を去った数日後、万寿丸（喜八郎）は寺男に連れられ、大坂へ向かったのである。

喜八郎は運命の不思議を思わないではいられない。自分が仕える於次丸秀勝は明智光秀亡き後、新たに亀岡城主になった。しかも於次丸は秀吉の養子とはいえ、父、長政を死に追いやった信長の実子である。だからといって俗界から離れていた喜八郎には若い主君を恨む気持ちはほんの少しもなく、むしろ兄のような人懐かしさを覚えた。主君は賢明で丹波の黄門と呼ばれ人々から敬愛されていた。

亀岡城に入った喜八郎は光秀の在りし日の姿を思い浮べ冥福を祈った。聞くところによると、於次丸は入城の日、亡きかつての城主光秀に対して自ら手を合わせたという。十八歳という若さで於次丸秀勝が病死しなければ、自分はどうなっていただろうか。喜八郎は流転という言葉は自分のような運命のものにあるのかもしれない、と思うのだった。

細川ガラシャ

わたくしが坂本城に移ったのはお城が完成した元亀三年（一五七三）のころでした。九歳のわたくしは美しい湖の畔に立つお城がいっぺんに気に入り、

「お母上、早くおいでなされませ。絶景でございますよ」

と湖に突出した本丸から水辺を歩く母、煕子《ひろこ》を大声で呼んでいたのでございます。それから七年あまり、十六歳で細川忠興殿と結婚するまで、湖を眺めながらこの城で過ごしたのです。


元亀二年（一五七二）、信長殿から滋賀郡支配を任されたお父上、明智光秀がその拠点として坂本にお城を築かれたのですが、後に『イエズス会日本年報』に「五機内にある諸城中安土山の城を除いては最もよく最も立派なもの」と記されただけあってお父上自慢のお城でした。

近江戦国の女たち——細川ガラシャ

ガラシャが育った坂本城跡

お父上は戦に明け暮れる日々でしたが、城内においでの時は、お母上やわたくしども子らと語りあうのを無上の喜びとしていらっしゃいました。仲睦まじいお父上とお母上はわたくしの誇りであったのです。

二人の結婚のいきさつを乳母はよくわたくしに語ってきかせたものです。

「お殿様は奥方さまの人となりを心から敬い、愛されていたのですよ。ご婚約が成立してまもなく、凞子さまは疱瘡を患われ、なんとか治ったものの、お顔にあばたが残ってしまいました。お父上の妻木勘解由左衛門《つまきかげゆざえもん》殿は思案の末、よく似た妹の芳子さまを身代わりに立て婚儀に臨まれたのです。ところが、明智のお殿様は『いかなる面変わりなされ候とも、予が契るは唯ひとりお凞どのにて御座候』と芳子さまを妻木家へ帰されたのです。それからも側室を置かれることなく、ひたすら凞子さまを愛されたのでございますよ」

わたくしはこの話を聞くのが大好きで、将来お二人のような夫婦になりたいと乙女心を膨らませていたものです。

「玉子はどんな殿御の花嫁になりたいかの」

とお父上が戯れに申されるとわたくしはすかさず

「明智光秀殿のようなお方です」

と負けじと応えたのですが、事実、わたくしはお父上のような方と結婚したいと思っていたのでございます。

「細川殿のご子息、忠興殿はどうじゃな」

と今度は真剣な顔で申される父上に、わたくしは返事に窮し、ただ首を横に振っておりました。

「ならば、忠興殿は嫌いか」

と問われれば、これまた首を横に振るものですからお父上は、わたくしの意を察せられたのか、お母上と顔を見合わせ、からからとお笑いになるのでした。忠興殿はお父上細川藤孝(幽斎)殿に連れられ、坂本のお城にときおりおいでになっていたのです。

実はお父上は少し前、信長殿へのお年賀の席で

「忠興と玉子を夫婦にせよ」

と命を受けていらっしゃったのです。

「忠興殿は少々神経質なところがおありのようだが、玉子をことのほか気に入っておられるそうだから大切にしてくださるだろう。それに藤孝殿はそれがしの無二の親友でもある」

お父上はそう申され黙っておしまいになりました。後で乳母が

「お殿様は玉子さまを他の姫君の誰よりも可愛がっておられたから手放したくないのですよ」

と耳打ちしたのでした。


天正六年（一五七八）八月十四日、わたくしは輿に乗って坂本城を出発し、挙式の行われる勝龍寺城へ向かったのでございます。

その夜は京の清原頼賢卿のお館に泊まることになっていました。そこでわたくしは生涯の友となる清原殿の娘御、佳代さまにお出会いするのでございます。

これも運命というものでしょうか。わたくしの侍女がにわかに病になり、困っていると佳代さまが自ら侍女となることを申し出てくだされたのです。清原家の姫を侍女にするなどとんでもないと、わたくしは困惑しましたが、佳代さまはまったく頓着なさいません。以来、洗礼名をマリアという名の佳代さまはどれほどわたくしの心の支えになってくだされたことでしょう。

わたくしは勝龍寺城で新婚生活を送り、その二年後の天正八年（一五八〇）転封となった細川親子に従い丹後宮津へおもむくのです。十二万三千石の城主となった舅と夫は戦に出かけたり、在城の折は丹後の国づくりに二人して意見を戦わせておいででした。ときおりわたくしが意見を述べると「玉子はなかなかよい知恵

明智光秀の娘、玉子が嫁した長岡京市の勝龍寺城。発掘調査に基づいて整備され、一角には忠興とガラシャの像が立つ

をもっておる」と誉めてくださったこともございます。若君や姫にも恵まれ、わたくしは何不自由なく暮らしていました。

その幸福が思いがけない事件によって破られたのです。天正十年（一五八二）六月二日父光秀による本能寺の変でございました。報せを受けたわたくしは全身の血が引いていく中、逆に冷静になっていきました。馬のいななく馬上で思いつめた顔で軍勢を指揮なさるお父上、そんなお父上の武運を坂本のお城でひたすら祈っておいでのお母上。律儀なお父上のこと、きっとやむにやまれぬ上での決起であられたと思われます。

やがて「味方に加わっていただきたい」というお父上の書状が届き、舅殿も忠興殿も困惑なされているご様子でした。明智の父と舅殿とは長年の盟友、しかもわたくしの婚家が加担しないはずはない、お父上はそのように思われたのでしょう。

ところが、細川家からは何の音沙汰もなく、そのためお父上は再三書状を送ってこられました。わたくしは苦渋する細川親子の心中を推測しながら背負うべき運命を静かに待っていたのです。

数日後、舅殿はもとどりを切ってわたくしのもとにおいでになりました。その

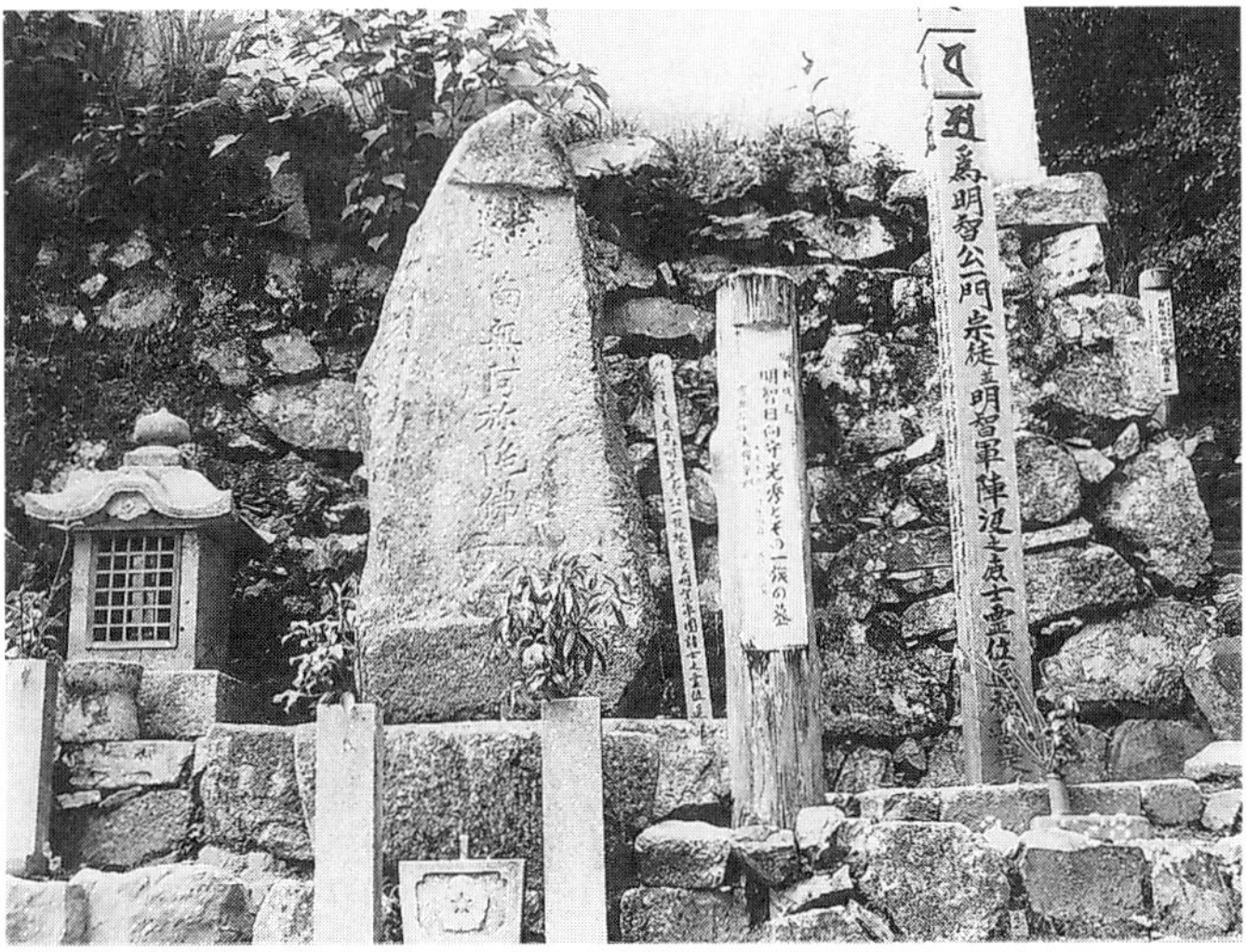

大津市西教寺にある明智一族の墓所

お姿を見たわたくしはすべてを悟り、安土城に進軍されたお父上のご無事とお母上の身の安全をのみお祈りしていたのです。

しかしおっつけ報されたのは、坂本城落城とお父上の死でございました。わたくしは細川親子の無情を心の中で恨みました。父の行動が主君を討つという憂うべきものであったとしてもわたくしには大切な、尊敬する父でございます。幼いころより「玉子さまはお殿様の掌中の玉」といわれ、他の姉妹の誰よりも父から愛されていたわたくしでございます。

それからまもなくわたくしは離縁され、山深い丹後の奥地、味土野《みどの》へ幽閉されたのです。

「お玉、しばらくの辛抱じゃ。離縁といっても形だけのもの。それがしが、たとえ一時でもそなたを手放さなければならない苦衷《くちゅう》を察してほしい」

忠興殿はそう申され、わたくしの手を固く握られたのです。

信長殿亡き後、覇者となられた秀吉殿への恭順の意を示されたわけですが、死を覚悟していたわたくしには、少しの動揺もございませんでした。細川家の中には、わたくしに死を望む声もあったようですが、忠興殿は一蹴なされたとのことです。また舅殿もお父上の要請に応じなかったせめてもの償いとしてわたくしの命を助けたいと思われたのでしょう。

死を覚悟したわたくしでございましたが、味土野での暮らしは寂しく堪え難いものでした。宮津に残してきた姫や若君たちはどうしているだろうか。また伏見の小栗栖の竹薮で村人に竹槍で突かれ、無念の死を遂げられたお父上や落城する坂本城の炎の中で自害なされたお母上の幻が夜になると現れ、わたくしは眠れない夜が続きました。

こんなわたくしを救ってくれたのが、婚礼以来、わたくしに付き添ってくれていた清原マリアであったのです。侍女というよりわたくしの友であり、相談相手でございました。明智の血縁をすべて失い、幼子と別れ、しかも秀吉殿の追っ手がいつくるかもしれないという極限の状態はさすがにしっかりものといわれてきたわたくしを打ちのめし、もしマリアさまの支えがなかったらわたくしは自害していたかもしれません。

後にわたくしは受洗するのですが、その土台はこの幽閉生活の中で築かれたのです。敬虔なキリシタンのマリアさまはわたくしにキリストの教えを語られ、わたくしはしだいに生きる勇気を持つようになったのです。

二年後、わたくしは秀吉殿のはからいで幽閉を解かれ、大坂の玉造の細川屋敷で暮らすようになりました。大坂城が築かれ、城下は繁盛し、味土野から帰った当初、わたくしは夢を見ているようでございました。だが、もはやお父上もお母上もこの世においでではありません。この歴然とした現実がわたくしをますますイエス様に近づけ、わたくしはついに清原マリアの導きで洗礼を受け、ガラシャという洗礼名をいただいたのです。

このことがたちまち忠興殿の耳に入り、激怒した殿はわたくしでなく、ともに受洗した侍女たちの髪の毛を切り、耳までそいでしまわれたのです。あまりのことに「侍女でなくこのわたくしの耳を」と、大声をあげましたが、殿は残忍な笑いを浮かべられるだけでした。

確かに忠興殿が憤られたのも道理がございます。秀吉殿が九州出兵の途上、博多で「バテレン追放令」を出されたということでしたから。お家を第一とする殿には当然の処置であったのでしょう。しかし、それにしてもあまりにも酷いなされかた、わたくしは嫁ぐ前、亡きお父上が「忠興殿は立派な方だが、感情の起伏の激しさがおありのようだ」と心配そうに口にしたのを思い出しました。お父上はもしかすると信長殿の青筋のたった神経質なお顔を忠興殿に重ねていられたのかもしれません。

幸いにもそのうちキリシタン禁令がゆるくなってまいりました。殿はわたくしの願いを受け入れ邸内に礼拝堂や孤児院を作ることをお許しくださったのです。

一時は「キリストを捨てなければ殺す」と申された忠興殿でしたが、キリストの崇高な精神を認めざるをえなくなったのでしょうか。侍女などは「お殿様は奥方さまを失いたくないのでございますよ。お殿様は奥方さまのお心がご自分以外のものに向くのがお嫌いなのです。つまり奥方さまを愛されるゆえの嫉妬心でございますよ」

と申すのでした。

秀吉殿の死後、天下は石田三成殿と徳川家康殿に分かれ、不穏な情勢が続いておりました。そんな中、忠興殿は家康殿に従い、会津の上杉討伐に出かけられたのです。その留守中、三成殿から玉造の屋敷のわたくしのもとへ「人質として大坂城にくるように」と書状が届けられたのです。わたくしは殿不在の時でもあり、当然、人質を拒みました。それから子らや家臣を逃がし、三成の軍に包囲された屋敷に火を放ったのです。

散りぬべきとき知りてこそ
　世の中の花も花なれ人も人なれ

わたくしは辞世の句をしたため、三成殿のなされように抗議したのでございます。家老小笠原少斎の手によりわたくしはイエス様のもとへ旅立ったのでした。少斎は自殺の許されないキリシタンのわたくしの懇願を聞き入れてくれたのです。

わたくしの死を知った忠興殿が、滂沱《ぼうだ》の涙の中、拳を天に向かって振り上げ大声で泣き叫ばれるのをわたくしは遠い空から見つめておりました。

喜八郎は信長の側室であったお鍋の方についてときおり噂を聞くことはあったが、一度も出会うことはなかった。大坂城内で大政所の女房役をしているということだった。てっとりばやくいえば、話相手ということなのだろう。

於次丸秀勝亡き後、大和郡山の秀吉の弟秀長に仕えていたころである。家臣の一人が主の命で大坂城の大政所のもとに行くと、驚いたことに亡き信長公の側室お鍋の方が大政所に付き添っていたというのである。

「大きな声では言えぬが、安土の城で、てきぱきと女どもを指図していたあのしっかりもののお鍋の方が、大政所さまのご機嫌をとっておいでだった。世も変わったものだ。お鍋の方は恐らく心ならずもそうしておいでなのだろう。亡き信長殿との間に生まれたお子もまだ知行取りではないという。子を思う母というものはけなげであるな」

実母を知らない喜八郎はそんなお鍋の方を思い、珍しく生きているとも死んでいるともしれない産みの母を思った。

喜八郎はお鍋と信長との間に生まれた信吉には会ったことがある。ただし、その時は二千石あまりの小領主であったように思う。関ヶ原の戦いを前に大坂城に入った時である。

「やはり信長殿のお子、細面のお顔はお父上に似ておられる」

誰かが話す声を耳にした。付近に信吉の家臣が従っていたため、名のることは控えたが、信吉は福田寺で会ったお市に涼しげな目元がどことなく似ていた。

豊臣恩顧の大名たちが東軍につく中、西軍の若武者としてともに参戦する信吉を喜八郎は好もしく思った。話が少々前後するが、ここで喜八郎は仕える主君がまたもや代わったことを報告しなければならない。天正十九年（一五九一）一月、大和郡山城主豊臣秀長が病死し、後を継ぎ城主となったのが増田長盛である。

秀長の死は喜八郎にとってこたえた。於次丸秀勝は兄のように思っていたが、秀長は父のように思い尊敬していた。厳しくはあるが、慈愛深く、寛大な人柄は初姉から聞いていた父長政に重なり、いっそう喜八郎は親しみを覚えた。

そんなことも原因したのか新しい主君増田長盛には今一つ馴染めないものがあった。秀吉亡き後、五奉行の一人増田長盛は西軍に属していたが、喜八郎は主が東軍に走っても自分は西軍として城内に残る覚悟でいた。そんな思いの喜八郎であっただけにその後の次姉の夫、京極高次の大津籠城には大変落胆した。また初姉を恨みもした。そんな折、お鍋の方が西軍の信吉を激励したことを聞き、さすがお鍋の方、と感服したものである。

お鍋の方（信長の側室）

わたくしが信長殿の側室として召されるようになったのは信長殿が愛妻吉乃さまを病で失くされたおよそ二年後のことでございます。信長殿三十半ば、わたくしも二人の子供を持つ寡婦でございました。わたくしは神崎郡山上村（東近江市山上町）の八尾城主小倉右京亮実澄殿に嫁いだのでしたが、八尾城は日野城主蒲生賢秀殿に攻められ落城、実澄殿は自害し、二人の息子は日野城へ連れ去られてしまったのでございます。

小倉氏は蒲生氏とともに観音寺城主六角義賢の配下だったのですが、信長殿に通じたため攻撃されたのです。

「一日も早く日野城で捉われの身となっている甚五郎と松千代を救い出す方法はないものであろうか」

わたくしは我が子の安否が気がかりでならず、数少ない残った家臣に申すのですが、黙って下を向くばかりです。

「このままではお家再興は叶いませぬぞ」

わたくしのいきり立った声だけが虚しく響いていきます。昨夜も幼い息子たちが殺される夢を見て居ても立ってもいられませんでした。

「名案が思いつきましたぞ。織田殿にお願い申すのじゃ、信長殿のお力を借りるのじゃ」

「しかしながら織田殿は気性の激しいお方、一挙に蒲生殿を追い詰め、かえって若君のお命を失うようなことになっては……」

優柔不断な家臣を尻目にわたくしは高らかに言い放ったのです。

「わたくしが織田殿に直談判いたす。八尾城が落城したのももとはといえば我が主、実澄殿が織田殿に通じたためではありませぬか」

実澄殿は二度も信長殿の道案内に立たれた。京都で刺客に襲われた信長殿は京都からの帰途、難所続きで普通の旅人が嫌う八風《はっぷう》峠を小倉殿の案内により無事通り抜け岐阜城へ命からがらお帰りになった。織田殿は恩を忘れるようなお方ではない。わたくしは岐阜城への道々、我が心にそう言い聞かせていましたが、不安がないわけではございません。わたくしとて信長殿が一風変わった御仁であることを知っております。

小倉実澄の墓

岐阜城は鎌倉時代に二階堂行政殿が築き、戦国時代に斎藤道三殿が居城にされ稲葉城と呼び、さらに信長殿が奪い、岐阜城と改名なされたのです。標高三百二十八メートルの金華山の頂に築かれた城への道中は楽ではございませんでした。が、わたくしは息子たちを助けたい一心で坂道を歩きに歩き本丸に辿り着き、信長殿にお目通りしたのでございます。

「そなたの思い、よくわかった。実澄のお陰でそれがしは二度も命を救われた。礼を申さねばならないのはこちらの方じゃ」

平伏するわたくしに向かって信長殿は申されました。信長殿が恩義を大切にする御仁とは思われませんが、おそらくこの時のわたくしの子を想う心に感じるところがおありになったのでしょう。母の愛情が薄かった信長殿にはわたくしの母性愛がとりわけ美しく思われたのかもしれません。

永禄十一年（一五六八）九月六日、信長殿は六万の兵を率いて近江へ進軍、信長殿の上洛を阻む六角氏の観音寺城を攻略なされたのです。この時、配下の蒲生賢秀殿は信長殿に降参し、嫡子氏郷殿は人質として岐阜城へ送られたのでした。わたくしの息子たちは日野城から無事わたくしのもとへ返されたのです。

ところが、どうしたことか、わたくしは信長殿の気に入る所となり、やがて「側室にしたい」という申し出が家臣を通して伝えられたのでございます。

「信長殿は甚五郎と松千代（松寿）の命の恩人です。わたくしはこれから小倉家を再興しなければなりませぬ。子らの将来のことを考えれば、織田殿をおいて他の誰が頼りとなりましょうや。わたくしは喜んでお受けいたす」

わたくしは家臣や一族の反対を一蹴し、側室になることを承知したのです。吉乃さまとの愛が若いころの情熱的なものだったのに対してわたくしへの信長殿の愛は家政を取り仕切る信頼できる妻としての慈愛であったように思います。わたくしは短気で癇性の信長殿を上手に導き、気配りを怠りませんでした。

やがて信長殿との間に二男一女が生まれました。七男信高、八男信吉、振姫に囲まれた幸せな日々をわたくしは送るのでございます。岐阜では城下の居館住まいでしたが、安土城に移ってからは本丸御殿に住むことが許され、信長殿はいっそうわたくしを大切にしてくださいました。

世の人は信長殿の非道を嫌い、安土城下では安土城に背を向けて家を建てたといわれたりしたようですが、わたくしは心から殿を慕い尊敬しておりました。「戦の世は討たなければ討たれるのですぞ」と子らに言い聞かせ、信長殿への恩義を日々口にしていたのです。非道にも思えるわたくしの言葉は、先夫を亡くした痛切な実感でございました。

安土城に急変が知らされたのは天正十年（一五八二）六月二日の未の刻でした。

「光秀殿が謀反を…、上様と信忠様がお果てなされたと…。お戯れを」

わたくしだけでなく、城中の者は皆、信じませんでした。だが、その後、京から逃げ帰ってきた家臣により事の真実が明らかにされたのでございます。

わたくしは一瞬、言葉を失ってしまいましたが、まもなく冷静さを取り戻し、

「我が子小倉松寿は無事であったか」

と、聞きただしたのです。松寿は信長殿に小姓として仕えていました。

「松寿殿も討ち死にを」

安土城の留守役、蒲生賢秀殿は重苦しい口調で申されたのです。松寿は町の宿に泊まっていたが、急変を知り、本能寺へ馳せ参じたのだといいます。あっぱれ我が子、と思う一方、悲しみが胸中に広がっていきました。先夫に続き、信長殿、息子と戦国の女の悲哀を再び味わうはめになったのです。

「上様の妻子は日野城に移っていただくことになりました」という蒲生賢秀殿のお言葉に反し、わたくしは日野からの迎えがくる前、六月三日の早朝、わずかな供を従え安土城を出たのでございます。かつて息子たちが捉われていた日野城へは行きたくなかったのです。お鍋の方は行方をくらませた、という者もあったようですが、実はわたくし、安土城から五里の八風街道沿いにある高野の館に避難していたのです。

東近江市山上町の城跡

高野館は信長殿がわたくしのために建ててくだされたもので、長子小倉甚五郎が四百の手勢とともに守っていました。その一帯は小倉家の領地で一族や旧臣たちも住んでおり、安全な場所であったのです。

とはいえ、わたくしは我が身の安全ばかりを考えていたのではございません。危急の際にも信長殿の妻としての役割を果たすことを忘れはいたしません。岐阜の織田家の菩提寺崇福寺に天正十年（一五八二）六月六日の日付でわたくしは「崇福寺は上様の位牌所であるから誰が乱入しようとしても断るように」と、文を遣わしたのでございます。さらに翌年の十二月、秀吉殿と家康殿の間が不穏になった時、秀吉殿の命により長良川の北岸に布陣した丹羽長秀殿に対して「放火、狼藉の禁止の制札を立てて寺内を警戒するように」と文に記し、訴えたのでした。

わたくしはその後、大坂城の秀吉殿の母大政所さまに仕えることになります。甚五郎、信高、信吉、振姫といった四人の子供の将来を思ってのことでした。甚五郎はやがて加賀松任城の城主となり、わたくしにも化粧料として百八十石が秀吉殿より与えられたのです。しかし、甚五郎はほどなく気欝にかかり高野に戻って亡くなるのです。わたくしは落胆しましたが、それからまもなく縁戚の高畠政平を養子に迎え、小倉家の相続人として秀吉殿に願い出て許されたのです。小倉家は江戸時代には土佐の山内氏に仕え、以来、存続していくのでございます。後にその子孫がわたくしの伝記『小倉夫人記事』を書き残してくれました。

わたくしの化粧料はどんどん増加され、それにつれ、北方の女房衆という役柄から秀吉殿の側室に近い関係になったこともございました。不本意ではありましたが、わたくしは「信高と信吉の処遇が決まるまではなんとしても我慢しなければならない」と歯を食いしばり、我が身に言い聞かせていたのです。

天正十九年（一五九一）、ついに待ちに待った日が参りました。

「信高が神崎郡に千六百石を、信吉が神崎郡高野村と四村合わせて二千石を与えられましたぞ」

わたくしは歓喜の声を上げ、侍女と手を取り合ったのでございます。わたくしの化粧料もすでに千石に達しておりました。

「二人の息子の処遇も決まった。これ以上我慢する必要があろうか」

密かに決意をしたわたくしは心の病を装ったのです。困り果てた秀吉殿はわたくしを母のもとへ宿下がりさせたのです。

秀吉殿の死後、わたくしは信吉とともに高野の館に住んでいました。二年後、関ヶ原の合戦となり、大坂方に味方した信吉はその後、所領を没収されてしまい、わたくしも連座して所領を失った上、館も追われ、やむなく京都に住むことになったのです。ただ信高だけはかろうじて東軍に味方して所領を安堵されました。

その後、暮らしに困ったわたくしは大坂城の淀殿から三十石、秀頼様から五十石の扶持をいただき、余生を過ごしたのでした。わたくしは信長殿の側室だったこともあり、また西軍に味方したがために所領を失ったのですから、八十石の扶持を受けても当然と、思っておりました。戦国の世を生き抜くにはしたたかなまでのたくましさがなければなりません。

わたくしは大坂の陣が始まる三年前、慶長十七年（一六一二）の六月二十五日、あの世の人となりました。末子振姫は、三河の水野忠胤殿に嫁いでいましたが、小督さまの最初の婿殿であった佐治一成殿に再嫁したのです。佐治殿は信長殿の甥御、これもご縁というものでしょうか。

織田家の墓所、大徳寺の塔頭総見院にわたくしは今も祀られています。ときおり、わたくしどもの墓地を見学に見えるお方がありますが、わたくしは土の下からしたたかなまでにたくましくあれ、とエールを送っているのでございますよ。

追伸

わたくしの生地は野洲郡北里村（近江八幡市小田町）で郷士高畠源十郎の四女と伝えられております。

丹波亀岡城はよくよく因縁深い城である、と喜八郎は思う。明智光秀、於次丸秀勝、小吉秀勝、小早川秀秋…と自分が知る限りの城主が不運に見舞われている。しかも秀秋が城主の時、同じ秀吉の養子秀次の三十あまりもの妻妾たちが一時幽閉された城でもある。

文禄四年（一五九五）七月、喜八郎は秀次事件を大和郡山城で知った。前の城主で秀吉の弟、秀長が病死していなければここまで酷い事件に発展しなかっただろう。秀吉のご意見番でもあった秀長の死がいっそう悔やまれたものだ。

秀長の死の前年、天正十八年（一五九〇）に床に臥す秀長のもとに京から名医が差し向けられた。その名医の幾人かを斡旋したのが一の台の父、菊亭晴季《きくていはるすえ》であった。貴族の中の実力者で、秀長が「菊亭殿はこんなことを申しては世話になりながら申しわけないが、眼から鼻に抜けるようなお方だ」と口にしていたのを覚えている。

その菊亭殿の娘が一の台である。秀次の正室にはすでに池田恒興の娘が入っていたが、さらに正室がもう一人入られ、そのお方が一の台であった。喜八郎は秀長のお供をして聚楽第に行ったことがある。その時、宮という姫を垣間見た。

「あのお方が一の台の姫御じゃ。八歳になったばかりというが、やはり美しくて気品があるのう。一の台の病死した亡夫との間の姫と聞いている。開花寸前の花を見るようじゃ」

生真面目な主、秀長が目を細めそういうのを喜八郎は愉快に思ったものだ。秀吉と淀殿との最初の若君、鶴松生存のころである。

一の台（豊臣秀次の正室）

わたくしの夫、秀次殿は若くして近江八幡城の城主におなりでした。八幡堀の開削をし、堀を琵琶湖につなぎ、商船が八幡浦に立ち寄れるよう水運を開かれたのです。そればかりか背割（今日の下水道）や街路を直線にして直交させるなど、城下の民たちのための町づくりをなされました。

秀吉様の後を受け、二十四歳で関白になられたのですが、その四年後、思いがけない悲劇が待ち受けていたのです。わたくし、一の台もまた、秀次事件の連座であまたの妻たちとともに刑場の露と消えることを余儀なくされたのでございます。

わたくしが秀次殿のもとに参りましたときには、すでに「わかまんどころ」と呼ばれていらっしゃった池田輝政殿の妹御がおいでになりました。正室が二人というのは異例なことですが、秀次殿が望まれたというより政略結婚のなせる業で

秀次が八幡城下町に拓いた八幡堀は、琵琶湖からの水路として、やがて近江商人の物資輸送に大きく貢献した

あったのでしょう。

わたくしの父菊亭（今出川）晴季は右大臣に進むと周囲の反対を押さえ、秀吉様の関白就任に尽力いたしました。そして次には公卿に嫁ぎ、死別し実家に戻っていたわたくしを秀次殿に再嫁させたのでございます。父は年端もいかないわたくしの娘、お宮まで未来の側室として差し出したのです。そのため秀次殿は後々まで畜生にも劣る好色漢という濡れ衣を被ることになるのです。


忘れもいたしません。事件の始まりは文禄四年（一五九五）七月三日でございました。突然、聚楽第に石田三成殿ら奉行の方々がお見えになり、秀次殿に謀反の疑いの糾明をされたのです。そんなことがあろうはずなく、わたくしは仰天すると同時に言い知れぬ不安に包まれていきました。不安は的中し、その五日後、太閤秀吉様より伏見にくるようにとの呼び出しがあり、面会もないまま秀次殿に高野山行きが命じられたのでございます。

さらに同日、わたくしども妻と和子《わこ》三十人あまりが徳永式部卿法印の邸に幽閉され、十一日には丹波亀岡城へ送られ、天守閣に閉じ込められたのでございます。同じ秀吉様の養子であった小早川秀秋殿は秀頼君がお生まれになると小早川家に養子に出され亀岡城主に任ぜられたお方です。お城で秀秋殿を一瞥したおり、蒼

八幡城主であった豊臣秀次像。地元近江八幡では近年、秀次を顕彰する活動が活発になっている

白なお顔をそむけられたのが心に残っております。

七月十五日、秀次殿は秀吉殿に切腹を命ぜられ、高野山青巌寺で無念のうちにあの世の人となられたのです。その報を耳にしたわたくしどもの悲しみと憤りをご想像くださいませ。前田利家殿も申されていたそうですが、我が殿は謀反など抱かれるようなお方ではありません。確かに秀頼君がお生まれになってからの秀次殿は神経過敏になられることがございました。が、世に殺生関白などといわれるような悪業を多々なされたわけでも、淫乱であられたわけでもございません。

策謀にかかった秀次殿が成仏なさるわけはございませんが、わたくしどもは一心に経を唱えておりました。そうでもしなれければじっと座していることなどできましょうか。おっつけ我が身にふりかかる咎を思い、戦々恐々とした気分を鎮めていたのでございます。


七月の終わり、わたくしどもは再び京の徳永卿の邸へ移されました。いよいよその時がきたのでございます。恐れと緊張、忿懣《ふんまん》やるかたない思いの中、わたくしは、秀次殿には謀反の意思などおじゃらぬ。が、弁明も無駄だ。ならば正室としていさぎよくお供いたそう、と我が心に言い聞かせていたのです。

八月一日は行水で身を浄め、経帷子《きょうかたびら》の用意をして形見分けに日を送りました。

秀次の首の前で次々と処刑されてゆく妻子たち（正法寺蔵「関白殿御草紙」より）

その翌朝、経帷子をまとったわたくしどもは二、三人ずつ牛車《ぎっしゃ》に乗せられ三条河原へ向かったのでございます。牛車は洛中の街々をしずしずと練って行きました。頑是《がんぜ》ない若君たちが母君に抱かれて何もわからないまま甘えている姿を見ると涙が溢れだし、止まりません。

正午近くに三条河原に着くと、河原には二十間《けん》四方に堀が掘られ、周りには竹矢来が巡らされていました。その時、わたくしどもは大橋の下の近くに築かれた塚の上に、秀次殿の御首が西向きに据えられているのを見たのでございます。時が止まったような一瞬でした。

やがて姿勢を正すと、わたくしは殿の御首に向かって伏し拝み、一巻の紙に辞世をしたためたのでございます。

心にもあらぬうらみはぬれぎぬの
　つまゆえかかる身と成りにけり

娘のお宮が次に筆を取りました。

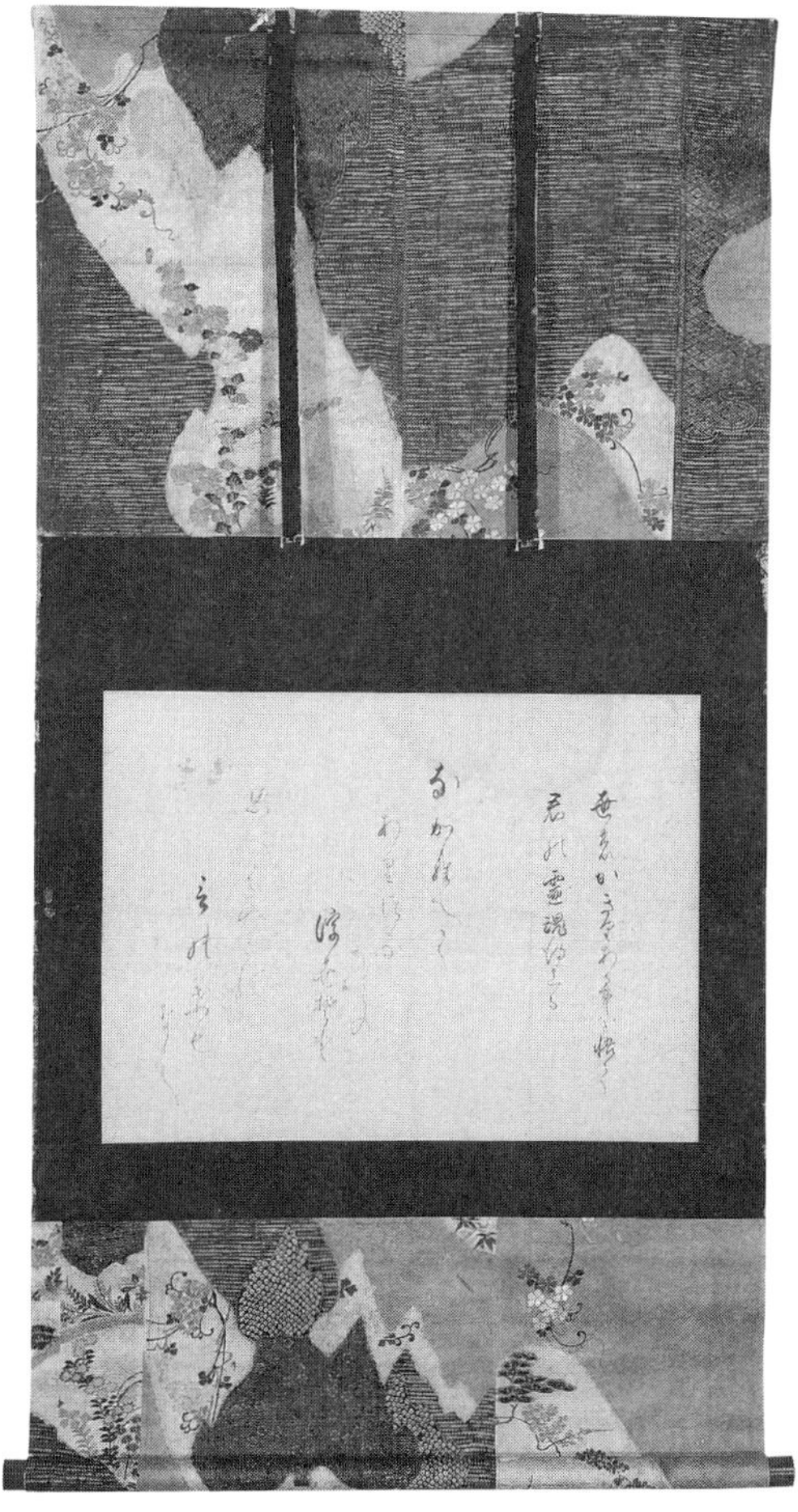

一の台辞世和歌懐紙（瑞泉寺裂表具）京都瑞泉寺蔵

うきはただおや子のわかれと聞きしかど
　同じみちにし行きぞうれしき

十三歳の愛しい娘が親子そろって死ねるのがうれしいと詠んだのを見て、わたくしは思わずお宮を抱き締めたのでございます。続いて側室と侍女たちが次々、辞世の歌をしたためていきました。

河原に座すわたくしの前には大雲院の貞安上人様が引導仏の地蔵尊を奉持して臨まれていました。お上人様は首を討たれゆくわたくしに慈悲深いお顔を向けられると、南無阿弥陀仏を唱え始められたのです。わたくしは眼を瞑り、秀次殿のお顔を思い浮かべ、「今そちらへ参ります」と心の中でつぶやきました。

慟哭が耳の奥の方で聞こえています。ざわめく中、わたくしの身はふうっと軽くなり、宙を浮遊しているようでした。首は放たれても魂は地上近くをさまよっていたのでしょうか。わたくしはお宮をはじめ、うち続く側室たちの処刑の有様をことごとく眼に収めていたのでございます。

髭面の荒くれ男が若君を母の腕から犬の子のようにひっさげ、二さしで刺し殺してしまったこと。それを見た愛らしい姫君が
「我も害しはべるか」

角倉了以が建立した瑞泉寺。境内には秀次と妻らの墓所がある。辞世の歌は遺品の衣装で表装され「瑞泉寺裂」として知られる。

と問うと、母君、お辰の方は
「念仏を唱えなされ、そうすればすぐお父君におあいできまする」
と言い、姫がたどたどしく十ぺん南無阿弥陀仏を唱えた時、例の荒くれ男が母の膝から姫を奪い取り胸元を二突きしたこと。まだぴくぴくしている亡骸《なきがら》を見てお辰の方は気を失うどころか
「まづまづ、我を害しはべれよ」
と西へ向かって座った時、首が前に落ちたこと…。
ああもうこれ以上は申しますまい、こうしてわたくしどもの亡骸は一つ穴に捨てられ秀次殿の御首と一緒に埋められたのでございます。しかもその上には「秀次悪逆塚」と刻まれた石塔まで建てられたのでした。以来、わたくしは成仏することもなく三条河原の周辺をあたかも塚を守護するかのように浮遊していたのでございます。
わたくしどもの非業の死に同情した者の仕業でしょうか。その夜、京の辻に次のような落書が貼られているのを見たのです。

天下は天下の天下なり。今日の狼藉《ろうぜき》はなはだもって許しがたし。行く末のめでたかるべき政道にはあらず。

その端には歌まで書かれていたのでございます。

世の中は不昧因果《ふまいいんが》の小車《おぐるま》や
よしあしともに　めぐりはてぬる

それから二十年、落書の通り悲劇は巡り巡って豊臣家は滅亡するのでございます。

しかしながら「畜生塚」と名うたれた塚の惨状はひどいものでございました。初めのうちは塚の側に庵を結び、朝夕念仏する道心者もいましたが、しだいに塚は荒れ果て、たび重なる鴨川の洪水で塚は壊れ、遺骨が散乱するという無残な状態になっていったのです。成仏できないわたくしどもは、犬や猫の骨のように地に捨て置かれた我が骨を中空から眺めるよりほかございません。

そうした惨状を救ってくださされたのが京の豪商、角倉了以殿であったのです。了以殿は高瀬川開削の際、散乱する遺骨を集め、秀次殿とわたくしどもの菩提を弔うために一寺を建立なされたのです。そして秀次殿の法名瑞泉院にちなみ、瑞泉寺と名づけられたのです。宙をさまよっていたわたくしどもはようやく魂を鎮めることができたのでございます。角倉了以殿の弟御は秀次殿に仕えておられたこともあり、ことのほか哀れを感じられたのでしょうか。

三条大橋界隈を行き交う今の世の人々にこのようなおどろおどろしい話を語れば仰天されることでしょう。しかも、かつての処刑場で、塚のあった地が瑞泉寺であり、現在、人の行き交う繁華街であることも。どうかわたくしども、妻たちの遺した辞世の歌三十余首にお目を通してくださいませ。歌は今も瑞泉寺に残されております。悲しみの中にも妻としての矜持《きょうじ》を感じとっていただけることでしょう。

喜八郎が冬姫と出会ったのは関ヶ原の戦い後、浪人をしていた時である。京の町を歩いているとと旧主、於次丸秀勝の墓のある知恩寺の近くにきていることに気づいた。秀勝の姉、亡き蒲生氏郷の奥方、冬姫が弟のために知恩寺に瑞林院を建立していた。

関ヶ原浪人の自分が行くところではないと喜八郎は思った。が、かつてみ仏に仕えた身、しかも若い主君於次秀勝には兄のような親しみを抱いていたためか、いつしか足が智恩寺に向かっていたのである。門前に立ち、経を唱えていると

「どなたか」

という声が後ろでした。振り返った喜八郎の眼に尼姿の女人が映った。

「かつて秀勝殿にお仕えしていた家臣でございます」

というと深く、うなずき、

「香華《こうげ》を」

と言い、屋内に入って行った。

声に気品と威厳があり、ただの尼でないと窺い知れた。やがて侍女とおぼしき女人が線香を持って現れ、

「お方さまがこれを」

といって渡した。喜八郎も名のることをしなかったが、あのお方が亡き蒲生氏郷の奥方、冬姫であったのだろう。

蒲生家の当主は秀吉の媒酌により家康の姫を奥方に迎えたということだったが、その後、家康は大名家に次々自分の娘を送りこむ。石田三成が申していたように家康はいずれ豊臣家を滅ぼすに違いない。喜八郎はそう思うと浪人でいることがいたたまれなくなってきた。

冬姫（蒲生氏郷の正室、信長の次女）

冬でございます、と申しましても多くの方は、はてどなたでしたかしら、と思われることでしょう。我が父、信長も、夫、氏郷《うじさと》も歴史に大きく名を残しましたが、子や孫は不遇でございました。蒲生家に至っては孫の代でお家断絶となり、徒に齢を重ねたわたくしは悲しい蒲生家の末路を見るはめになるのでございます。

お父上が、近江の日野城主、蒲生賢秀殿の嫡男鶴千代殿を岐阜城に伴って帰還なされたときのことをわたくしはことのほかよく覚えております。あの気難しい御仁が笑顔を振り撒き、「おうおう、冬も出迎えか。達者であったか」などと、珍しく声をかけ、凛々しい若者を従え、すたすたと館の奥へ入って行かれました。家臣の者から六角承禎の観音寺城が落ち、重臣蒲生氏の嫡男が人質としてお城に入るとは耳にしていましたが、お父上の態度はどうみても若い寵臣を連れている、としか思えません。

それからまもなくお父上は自ずから烏帽子《えぼし》親となって鶴千代殿を元服させ、しかも我が弾正忠にちなみ、忠三郎賦秀《やすひで》（のち、氏郷と改名）と命名なされたのです。お父上は鶴千代殿を一目見たときからわたくしの婿に、と決めておられたのでしょう。

お父上の期待通り賦秀殿は永禄十二年（一五六九）伊勢の大河内城攻めの初陣で功を上げ、この年の冬、わたくしは岐阜城で祝言を挙げたのでございます。幼妻のわたくしは十四歳の花婿とともに日野城に参ったのでした。その後、夫は義父信長に従い各地を転戦し、わたくしは日野のお城で皆から大切にされ、閑《しず》かに暮らしておりました。城下は商いも活気づき、民の人情も厚く、わたくしは舅や夫の善政を見る思いでございました。

ところが天正十年（一五八二）、六月二日、一大事変、本能寺の変が起きたのです。安土城の留守を預かっていた舅賢秀殿とともに、たまたま日野に在城していた夫は、安土城の織田の家族を日野のお城にお連れしたのです。父の急死を悲しんでいる余裕など、わたくしにはございません。幾人もの側室方やわたくしの弟妹の世話に城内を走り回っておりました。幼い異母妹、後に秀吉殿の側室になる三の丸殿は以後、わたくしどもと一緒に暮らすのです。

氏郷とともに過ごした日野城跡。本能寺の変後には三の丸殿（冬姫の妹）もここに住んだ

恐ろしいのは明智の軍勢がいつ日野にやってくるかもしれないということです。味方になるようにという明智殿の誘いを断り、籠城の道を選んだ上は攻撃されるのは必至です。

本能寺の変の翌年、嫡子秀行が誕生し、父上、信長の生まれ変わりかもしれないとわたくしどもは大喜びいたしました。が、秀行は生まれつき身体が弱く、長じてからもわたくしを満足させるような息子ではございませんでした。父や夫の剛毅さを見慣れてきたわたくしには、どう贔屓《ひいき》めに見ても秀行は祖父や父を越える器の持ち主とは思えないのです。わたくしはともすれば文武両道に優れ、領民からも慕われた氏郷殿と比べてしまうのです。氏郷殿は秀吉殿の世になってからも次々戦功を挙げ、日野城から伊勢の松ヶ島城、松坂城、さらに小田原征伐の功で会津黒川城（のち若松城）と徳川殿、毛利殿につぐ九十二万石の大大名になられたのです。

しかしながら氏郷殿の強運はいつまでも続きませんでした。朝鮮出兵の際、肥前の名護屋で下血してからというもの、恢復を見ることなく、文禄四年（一五九五）二月七日、四十歳であの世へ旅立たれたのです。

氏郷は会津黒川を会津若松と改め、日野と同様に商工業振興につとめた

かぎりあれば吹かねど花は散るものを心みじかき春の山風

殿の辞世の歌を短冊に書き、眺めていると氏郷殿の無念さが思われ、わたくしは以来、春の山風が吹き出すころになると恨めしく、不機嫌に見舞われるのでございます。

主の死後、二日め、秀吉殿は十三歳の鶴千代（秀行）の相続を認め、元服をさせてくださいました。家臣一同、どれほど喜んだことでしょう。ところが、その三年後、わたくしに難題を申し付けなされたのです。

「都から遠い会津の暮らしは何かと物寂しいでしょう。都へこられるがよろしかろう。お待ちしておりますぞ」

このような文が届いたのでございます。わたくしはたちまち、身の毛がよだち、文の意を即座に悟ったのです。なんということでしょう。このわたくしに妻妾の一人になれと申すのか。怒りで震えが止まらないまま、わたくしの脳裏に北ノ庄城攻略の帰途、日野城に立ち寄られた時のことが甦って参りました。

乳飲み子を抱えたわたくしは、ご挨拶に出ただけでございましたが、わたくしをご覧になった秀吉殿は一瞬、驚いた顔をなされ、

「なんとまあ、よく似ておられることか…」

滋賀県日野町ひばり公園に立つ蒲生氏郷像。信長の施策を自らも実行したので日野のまちは栄え、やがて多くの近江商人を輩出した

と。その後の言葉はさすがに口ごもられ、ただわたくしを見つめておいででした。が、御自害なされたお市さまの幻をわたくしに見ていられたのは間違いございません。あの時、氏郷殿の妹御、とらさま（三条殿）が秀吉殿の側室として差し出され、さらに日野家で養っていたわたくしの幼い妹（三の丸殿）までが秀吉殿の側室に上がったのでした。

わたくしが取り合わないでいると、その後も再三文が参り、しかも石田三成殿までが家臣たちにわたくしの上洛を促すよう働きかけなされたのです。

「お家の安泰を保つことこそが、奥方さまのお役目。先君も必ずや、あの世でご了解なされるでありましょう」。

わたくしは家老の説得についに折れ、

「やむをえぬ。わらわは覚悟を決め、都に上りましょうぞ」

と申したのでございます。

しかしわたくしは胸に決意を秘め、ひそかに氷の刃を秀吉殿に向けていたのです。数ヶ月後入洛し、奥殿に迎えられました。やがてわたくしの頭の被りものをお取りになった時の秀吉殿の驚き。どれほど小気味よく思いましたことか。ぬばたまの長い黒髪は尼姿に化けていたのでございます。

それからまもなく慶長三年（一五九八）正月、蒲生家は会津九十二万石から宇都宮十八万石に転封されてしまったのです。表向きは重臣亘理《わたり》八右衛門と蒲生四郎兵衛との争い、つまり家中の仕置き不始末が原因でした。が、わたくしが側室になることを拒絶したことが、少なからず作用していたのは間違いございません。そのいきさつが後に『藩翰譜』、『氏郷記』などに記されたそうです。

わたくしにも信長の娘としての矜持がございます。側室を拒み、出家をした上は、京に住み、亡き氏郷殿やお父上の菩提を弔いたい。幸い知恩寺には秀吉殿の養子となっていた弟、羽柴秀勝（於次丸）が亡くなったとき、わたくしが開基となって創建した瑞林院がございます。有り難いことにこのころわたくしは自由な立場でございました。娘は文禄二年（一五九三）に前田利家殿の次男、利政殿と祝言を挙げておりましたし、軟弱で気がかりな秀行も家康殿の三女、振姫と婚儀を済ませていたのです。

その後、わたくしは蒲生家の動静を静かな瑞林院の住まいから見つめておりました。転封となってから半年あまり後、八月十八日、秀吉殿が病死なされたのも皮肉なことでございます。侍女などは天罰が当たったのだと手を叩いて喜んでいましたが、わたくしはまだ若い側室、三の丸殿や三条殿はこれからどうなされるだろうかと、案じられてなりませんでした。

関ヶ原の戦い後、慶長六年（一六〇一）蒲生家は会津六十万石の領主となり、秀行は再び若松城に戻って参りました。妻の振姫が実父、家康殿に頼み込み実現した論功行賞であった、とわたくしの耳には入っておりました。確かに宇都宮にあった秀行は、上杉方の追撃から家康殿を守って関ヶ原へ直行させたそうですから、功労者であったのでしょう。母として嬉しい限りでございます。しかし振姫あっての行賞と思われます。悲しいかな、その後、振姫の振る舞いは傲慢になり、重臣との対立まで引き起こすことになるのでございます。これも秀行の力量不足の故と言わざるをえません。

わたくしの危惧は的中し、慶長十六年（一六一一）八月会津大地震の打撃を受けた秀行は、翌年五月、三十歳で病没してしまうのです。『徳川実紀』などにも「秀行淫酒ニ耽り…」と不名誉なことを記され、また一部の家臣だけを取り立て、家臣の不満も領民の不満も渦巻いていたようでございます。

孫の忠郷も名君とはほど遠かったようです。血筋からいえば、氏郷殿と家康殿を祖父に持ち、曾祖父信長の血も入っているというのに、京で伝え聞く風聞は芳しいものは何一つなく、わたくしははがゆい思いをしておりました。血統などというものは取るに足らず、何事も本人しだいなのでございましょうね。

わたくしは、といえばこのころ、身内と行き来し、心安らかな日々を送っておりました。姉、岡崎さま（徳姫）も尾張小折から京に移っておいででしたし、前田利政殿に嫁いだ娘も関ヶ原の戦い後、京に住まい、うちそろってお父上と氏郷殿の墓所大徳寺にお参りするのをこの上ない楽しみにしていたのでございます。

しかしながら長い命をいただいた分、悲しみを受けよ、ということなのでしょうか。七十歳の時、孫の忠郷が二十五歳で後継ぎがないまま病死。会津六十万石は没収されてしまったのです。幸いにも弟の忠知が蒲生家を継ぎ、伊与松山二十四万石の領主となってお家断絶は免れました。が、京で耳にすることは、忠知の領主としての無能ぶりばかりでございました。しかも兄とおなじく、後継ぎがないまま三十歳で病没してしまったのです。

お家断絶の憂き目に会う前に、何らかの方策はあったはずでございます。断腸の思いでございましたが、これもすべて不徳な君主の結末なのでしょう。わたくしは蒲生家の末路を見据えた後、その七年後、寛永十八年（一六四一）五月九日、享年八十一で（八十四歳説も）ようやく氏郷殿のお側に参ることができたのでございます。わたくしは今も住まいとした知恩寺の境内に眠っております。

追伸

知恩寺は知恩院ではなく今も京都の百万遍にございます。

三の丸殿は容貌も心映えも実に愛らしい女人であった。喜八郎は大坂城で初めてこの姫を見た時、秀吉の側室とも知らず見惚れていた。あれは於次丸殿について亀岡から大坂にきていた時だった。

久しぶりに姉上たちに挨拶しようと城内の局に寄り、面会を請うた。その時、廊下を七、八歳くらいの愛らしい姫が侍女にかしづかれ、歩いて行くのが垣間見えた。初姉は喜八郎がうっとりと見つめているのに気づいたらしく、

「愛らしいお方でしょ。いずれ秀吉殿の側室になられるということですよ」

と悪戯っぽく喜八郎を見つめて言った。

「でも秀吉殿の本命は姉上でしょうけれど」

喜八郎が困ったような顔をしていると

「いいの、そなたは心配しなくても」

と笑った。あのころ、姉上には自分はまだほんの子供に見えたのだろう。

二度目の主君、秀長に従い、大坂城に出かけた時は顔を見ることができず、内心がっかりしたが、声だけは聞くことができた。三の丸の局だという部屋の前を通りがかった時、姫らしい澄んだ声が聞こえてきた。喜八郎の歩幅がゆっくりなったことに気づいた同輩が、

「こんなところでもたもたしていると妙な嫌疑をかけられるぞ」

と恐い顔をしたのでにわかに歩を早めたのを覚えている。

足音に気づいた侍女が局から出てきて何やら言ったようだったが、その侍女を諭すように

「やまぶき、足音がしたからといってそんなに神経を使うことはありませんよ」

と優しい愛らしい声が聞こえてきた。喜八郎はあの声は三の丸に違いないと恐れ多くも胸をときめかせた。以来、三の丸殿の気配すら感じたことはないが、侍女にかしづかれた若い女人を見るともしかして、と胸をときめかせたものだ。喜八郎にとって三の丸殿は初恋の人といえるかもしれない。

三の丸殿（信長の八女、もしくは六女とも。秀吉の側室）

「本能寺で主君死す」の報が安土のお城に届いたのはわたくしが五つになったばかりのときでした。この悲しい出来事が物心つきはじめたわたくしの最初の記憶であったといえましょう。

幼いながらも城中の異変がひしひしと感じられ、乳母や侍女の小袖の端をしかと掴み、離れまいとしていたものでございます。そのうち、

「お殿様が明智の軍に討たれるなどそんな馬鹿なことがあるまいぞ」

「そうでございますとも。何かの間違いに違いあるまい」

などとお鍋の方さまやお母上のきんきんとした声が耳に入って参りました。侍女たちはその声に相づちを打つものの、互いに眼を見交わしては不安な面持ちを隠せないらしく回廊を行きつ戻りつしているのです。

しかしながらお父上に従っていた下男衆が京から逃げ帰り、いよいよ凶事は決

定的と判明したのでございます。それからの城内は今に明智の軍が攻めてくると上を下への大騒動。城下でも火を放って逃げ出す者があるのがお城から見えました。

「あさましいことぞ。家を打ち棄て、妻子を連れて美濃や尾張の本国に逃げる者たちじゃ」

乳母の憎々しげな声が喧騒の中で響き、わたくしは城下の火炎を見つめながらぼんやりお父上の幻を見つめておりました。

「姫さま、こうしてはおられませんぞ。早くお母上のもとへ」

乳母はわたくしを抱き抱えるようにして母上の名を呼び、走りだしたのです。幸いにもその途中、頭上で手を合わせながら小走りにやってくる母上と出会ったのでございます。

「お殿様も信忠殿も…」

母さまはそう言いかけその場に突っ伏してしまわれました。とすぐ後方からお鍋の方さまが大きな声を張り上げながら近づいておいでです。

「さあ、皆さま方、悲しんでいる暇はありませぬぞ。一刻も早く城から逃れなければ」

母上さまがお鍋の方さまの後ろ姿を見つめながら

「あのお方は本当に気丈な奥方でございますなあ」

とつぶやかれたのを今も覚えております。

後になってわたくしはこの時のお母上の悲しみを理解したのでございますが、母上にとって信忠殿はわが子よりも大切な乳母子、さらに信長様は夫であったのです。

城中の老若男女があわてふためく中、一人だけ、沈着冷静な方がおられたのです。もっともそのことをわたくしが知るのは後になってからですが。そう、あの留守居役、近江日野城主の殿でございました。太田牛一の『信長公記』には「蒲生右兵衛大輔、此の上は、御上臈衆、御子様達、先づ日野谷まで引き退け候はんに、談合を相究め、子息、蒲生忠三郎を、日野より腰越まで御迎へとして、呼び越し、牛馬・人足等、日野よりめしよせ、六月三日、未の刻、のかせられ候へと、申され候」と記されております。

こうしてわたくしどもは日野のお城にお世話になるわけですが、蒲生の殿様の引け際のご立派さは後の語りぐさにもなるのでございます。

「天主にある金銀・太刀・刀を取って城に火をかけなされませ」

奥方たちが口々に申される中、賢秀殿はきっぱりと申されたそうです。

「信長公、年来、御心を尽くされ、金銀を鏤《ちりば》め、天下無双の御屋形作り、蒲生覚

天下統一の拠点として琵琶湖東岸の安土山に築いた五層七階の安土城は、本能寺の変後に炎上。調査が進み、新たな事実が解明されている

悟として、焼き払ひ、空《むなし》く赤土となすべき事、冥加なき次第なり。其の上、金銀・御名物乱取り致すべき事、都鄙《とひ》の嘲哢《ちょうろう》、如何が候なり」

このように蒲生殿はお城のお宝に何一つ手を触れられなかったのです。その結果、明智殿の手に入ってしまったわけですが、賢秀殿の清廉なお心は後の世の人の知るところでございます。

日野城に着くと忠三郎（氏郷）殿に嫁いだわたくしの姉冬姫さまが迎えてくれました。姉上もお父上の非業な死を悲しんでいる暇もございません。侍女たちとともに、裸足のために足を血だらけにした女衆の介抱や食事の準備に一生懸命でございました。

秀吉殿に光秀軍が破れた後、避難されていた多くの方々は伝《つて》を求めて日野のお城を出て行かれましたが、わたくしは以来蒲生家にお世話になり、養女のような存在として育つのです。しかしそれも長くはなく、今度はお父上にかわって天下人となられた秀吉殿のもとへ幼い側室として上がるのです。氏郷殿の妹御、とらさま（三条殿）も同じころ秀吉殿の側室となられました。もっともあまりにも幼いわたくしが歴《れっき》とした側室として伏見城の三の丸に迎えられるのはずっと後になるのですが。

わたくしの二十六年あまりの生涯の中で一番楽しい思い出として残っているの

は醍醐の花見でしょうか。太閤様は秀頼様を伴い一の輿にお乗りになり、わたくしはおねさま、淀のお方さま、松の丸さまに続き、四番めの輿に乗って伏見城から醍醐寺に到着したのです。

醍醐のお山には国中から集められた七百本の桜が植えられ、道中には八つの茶屋、そこではさまざまな催しが繰り広げられています。きらびやかに着飾った三千人にもおよぶ女人たちが行き交う夢現の中、わたくしどもは大和絵の短籍《たんざく》に歌を詠んだのでございます。

さかへゆく君にひかれてこの春は
　深雪の桜はじめてぞみる

時はなる松にならひて咲く花は
　なお白妙に色やみゆらむ

山桜袖に匂ひをうつしつつ
　かへるさ惜しきけふの暮れかな

三宝院に残されたわたくしのこの三首も含めた百三十一首の短籍が後世、国の重要文化財になろうとは、この時、想像だにいたしません。
思えば醍醐の花見は太閤様の女たちに対する最後の大盤振舞であったのかもしれません。それから半年近い八月十八日、四十あまり年長の我が夫、秀吉殿は病没なされたのでございます。そしてわたくしの運命もまた変わるのでした。

重病の中、秀吉様はうら若い側室のわたくしの身の振り方をお考えであったようです。わたくしはほどなく公家の二条昭実殿に再稼することになりました。昭実殿は醍醐寺の座主義演様の実兄であられ、ご正室を亡くされ、四十三歳におなりでした。実家のないわたくしを哀れに思っての秀吉殿のご厚意には相違ありませんが、どこまで運命に翻弄されるのであろうかと、今さらながらお父上の死が悔やまれたものです。
昭実殿に嫁いでからも武家とは違い、公家には公家のしきたりがあり、当初は慣れないことばかりで途方に暮れることも少なくありませんでした。が、わたくしも信長の娘でございます。ご年配の客人から
「いつか清洲のお城で垣間見たお市の方さまにどことなく似ていらっしゃいます」
などと言われると何やら嬉しく、凛とした気持ちになったものです。

三の丸の位牌と画像のある妙心寺雑華院《ざっけいん》。太閤桐の家紋の周囲を愛らしい花の瓦が囲む

もちろん亡き太閤様へのご供養も心を込めていたしました。わたくしは妙心寺内に韶陽院《じょうよういん》を建立し菩提を弔ったのでございます。いたらないわたくしですが、『増補妙心寺史』に「夫をよく佐《たす》け宗旨を極め、淑徳の誉《ほま》れ高い女性であった」と記されているそうでございます。少しばかり気恥ずかしい気もいたしますが。

しかしながらわたくしは昭実殿とも長く添うことなく、四年余りであの世へ旅立ってしまうのです。

四百年を経た今日、有り難いことにときおり位牌と画像のある妙心寺の雑華院《ざっけいん》にわたくしを訪ねてくださる方がおありです。金箔押しの太閤桐の家紋が施された一メートルほどもある位牌を見て「わあ、すごい。華やかねえ。さすが元太閤の側室」とはしゃぐ若い女性の訪問客を見て、わたくしは思わず微笑んでしまいます。またある参拝者はわたくしの画像を見て「初々しい感じがしますね。やはり織田家の血を引く美形ですね。が、佳人薄命とはよくいったものです」と。

確かに短い一生ではありましたが、わたくしは平成の世の人とこうしてお出会いし、その時々を懸命に生きたわたくしの姿に触れていただくことに喜びを見いだしているのでございますよ。

ほら、わたくしの画像をご覧になってくださいませ。朱色の小袖に紫羅欄花《あらせいとう》模《も》様《よう》の打ち掛け。面長な顔にたっぷりとした黒髪。わたくしが亡くなった慶長八年（一六〇三）、二月に生前のわたくしを偲んで描かれたものでございます。無邪気で可憐な感じこそすれ、どこにも薄幸の影など感じられないではありませぬか。

追伸
紫羅欄花《あらせいとう》とはストックの花のことでございます。

喜八郎は早くから法秀院を知っていた。法秀院の住まう宇賀野《うかの》からほど近い長沢の福田寺では長野の法秀院さまと呼び、住職が尊敬している人でもあった。

「あのお方は元は尾張のある城の奥方であったということだ。信仰心が厚く、古典にも造詣《ぞうけい》が深い。女人であれほどの教養のあるお方は珍しい。それに何よりもお人柄がすばらしい。村の娘たちが次々書や裁縫を習いに行くのは一つには法秀院さまのお人柄を慕ってのことのようだ。どんな家の娘もわけへだてなく優しくお教えになるということだ」

住職はよくそう言い、喜八郎もまた寺にお参りにきた法秀院からたびたび声をかけてもらった。お供えの菓子をお裾分けしてもらうこともあった。小坊主の喜八郎にはずいぶん老女に思えたが、優しい声の人だった。

喜八郎が大坂へ発つ数日前に、その旨を告げると

「やはりそうであられたか。もしかすると何かわけのあるお方ではなかろうか、と万寿丸さまのことを思っておりましたぞ。この乱世を生きていくのは大変なことじゃ。だが、が

んばりなされ」

法秀院はそう言い、観音のように眼を細め、喜八郎の丸い頭を撫でた。

天正十三年（一五八五）十一月の長浜大地震の翌年、法秀院が亡くなったことを住職から何かのおりに知らされた。法秀院は宇賀野の里や里人をこよなく愛し、死ぬまで宇賀野に住んだ。子息山内一豊が長浜を離れ、掛川、土佐と転封になった後も、里人は今は亡き法秀院を尊敬し懐かしんだという。喜八郎にとって法秀院は心の中の永遠の婆さまであったような気がする。

法秀院（山内一豊の母）

一豊といえば千代、というふうに息子の嫁、千代さんは歴史上、「内助の功」の人として知られております。実はその千代さんを一豊の妻にと推し進めたのがわたくし、姑の法秀院でございます。

わたくしの夫、山内盛豊殿は尾張国の黒田城主でございましたが、内紛で城が落城、戦死なされたのです。あのころは戦国の世でわたくしども親子は路頭に迷い、住まいを転々とするうち、近江の宇賀野の長野家に食客としてお世話になることになったのでした。

かきつばた屋敷と呼ばれていた長野家の庭には四季折々、花が咲き乱れ、戦で肉親も城も失ったわたくしはどれほど心を癒されたことでありましょう。もっともわたくしどもが心安らかに暮らすことができたのは長野家の方々の手厚い保護があったからでございますが。

当時長野家の当主は三十二代蔵人《くろうど》長野業秀様でございました。代々御所の蔵人職でなんでも在原業平のご子孫と聞いております。そういえば長野家の前を流れる川は在原川と呼ばれていました。長野家は武家より格式が高く、当家には武士も手出しができなかったそうですから、匿われる身としては格好の場であったわけでございます。

実際、北国勢が押し寄せ、危うく襲撃されるところを近くの朝妻村の島加左衛門殿が矢文で長野家に急報され、危機を脱したことがございます。長野様のご一族は赤の他人のわたくしどもを身を呈してお守りくださったのです。

一豊は天文十四年（一五四五）七月生まれですでに元服をすませておりましたが、父も兄も失い、どことなくひ弱な感じがいたしました。そこでわたくしは島加左衛門殿に文武の道を教えていただくようお願いしたのです。いつか必ず無念の死を遂げた父の意志を継ぎ、山内家を再興させること、これが残されたわたくしどもの使命でございました。

いつまでも落城の悲しみを抱いているわけには参りません。幸い、わたくしは尾張羽黒村の実家梶原家で幼いころより書や裁縫の手ほどきを受けておりました。そこで長野家の離れをお借りし、周辺の村の娘たちに裁縫や書を教えるようになったのです。その娘たちの中に隣村飯村《いむら》、若宮家の千代さんがおいででした。

一目見た時から千代さんの表情は他の娘御とどこか違っておりました。今思えば、それは強い意志のみなぎりであったのかもしれません。決して大きな瞳とはいえませんが吸いつくような眼、きりりとした眉、引き締まった口元、そのまま武者にしても通用するとわたくしは思ったものです。

その上、一番年上というわけではございませんのに、いつのまにか娘たちの話は千代女を中心に弾んでいるのです。だからといって本人だけが話すのではありませんません。それとなく耳をすませていますと千代女に導かれ、娘たちは語らいの華を咲かせているのです。

さすが亡き若宮左馬助《さまのすけ》殿の娘御、と密かに感心しておりました。若宮氏は元京極氏に仕えた六家老の一人で、後に浅井氏に仕えた郷士《ごうし》だと耳にしていたのです。が、今の千代女はわたくしども同様父を亡くし、親類に養育される身でありました。

「山内のお師匠さま、いつまでもここにいらしてわたしどもにお裁縫や手習いをお教えくださいね」

娘たちの一人がそう申しますと、千代さんがきっとした面持ちで口を開いたことがございました。

「何をおっしゃる。お師匠さまはずっと長野家にいらしてはいけないお方なので

長野家のあった宇賀野の在原川、今も静かに清らかな流れが走る

す。ご子息はお家を再興して城持ちになるお方なのですよ」

わたくしは思わず声を立てて笑ってしまいました。すると千代女はなぜお笑いになるのですか、とでもいうようにきっとしてわたくしを見つめるのです。

「そうですね。千代さんのおっしゃる通り、わたくしはこのまま長野家のご親切に甘んじていては駄目なのですよ」

ようやく千代女の顔がほころび、娘たちの明るい笑い声が部屋いっぱいに響き渡っていきました。華やいだ声に誘われたのか庭の竹林から鶯がさえずり始めました。わたくしは心地よい気分の中でこの娘御こそ、我が息子一豊の妻にふさわしい女人であると、確信したのでございます。


二人が結婚したのは一豊が近江唐国《からくに》の四百石の領主になったときです。初め織田殿の家臣でしたが、織田家の中に木下藤吉郎殿の部隊ができると自ら進んで藤吉郎殿の指揮下に入ったのです。そして手筒山城・金ヶ崎城の戦いで戦功をたて、天正元年、小国ではございますが、念願の領主になったのです。この時のわたくしの喜び、ご想像くださいませ。

しかしながら四百石の主といえども家臣も養わなければなりません。暮らしはいつも困窮しておりました。新婚の家を訪ねますと俎《まないた》さえない有様です。

法秀院の墓（米原市宇賀野）

「千代さん、どのようにして野菜を刻むのですか」

と訊ねますと、

「ほら、お母上さま、ご覧の通りでございます」

と即座に枡《ます》を裏返し、菜を切る真似をして見せ、からから笑うのでございます。

「本当、このようにすればちゃんと刻むことができるのですね」

と感心し、千代さんを嫁にしたことは間違っていなかったと思ったものです。

それればかりではございません。一豊が秀吉殿から築城の監督を命じられたとき、家臣に夜食を振る舞いたくてもそのお金がありません。千代さんは自分の黒髪を売ってそのお金で夜食を調えたり、それはもう貧しい家計の奥方として苦心をしていたようでございます。

ここでわたくしは名馬の逸話の真実をただしておく必要がございます。巷では千代さんはへそくりの小判十両を出して一豊に名馬を買わせ、信長殿に称賛され、出世のきっかけを作ったといわれています。いわゆる「内助の功」の話でございますが、真実は少しばかり異なるのです。と申しますのは、実はその小判はわたくしが長年かかって娘御たちを教えた小銭の貯えであったのでございます。わたくしは十両をそっと千代さんに手渡し、一豊に名馬を買わせるよう申したのでした。

一豊のはじめての所領地（長浜市唐国町）

この事実を知っているのは千代さんのほか長野家の主人だけでございます。江戸の学者によって名馬の逸話は一人歩きをしてしまったようです。とはいえ、千代さんが一生懸命一豊を支えたのは事実でございますから内助の功の人には違いないのです。

気丈な嫁御でしたが、よね姫を失ったときだけは見る影もないほど参っておりました。愛らしい孫娘の死はわたくしにとっても晩年の最大の悲しみでした。

一豊は天正十三年（一五八五）長浜城主となるのですが、同年十一月二十九日、長浜大地震が起きたのです。わたくしが宇賀野から駆けつけた時、よね姫は家屋の下敷きになり、すでに冷たくなっていたのです。そのかたわらで千代さんが茫然と座っておりました。結婚六年めにようやく生まれた姫で、六歳になっていました。「この婆が代わってやりたかった」わたくしは繰り返しつぶやき、蝋人形のようになったよね姫の顔に頬摺りしたのでした。よね姫の亡骸を目にした一豊の取り乱しぶり、わたくしはあのような息子の有様を見たのは初めてでございます。

以来、一豊夫婦には子が恵まれず、養子を迎えることになるのです。さてわたくしでございますが、千代さんの再三のすすめにも関わらず、生涯長野家を離れることがございませんでした。足腰の立つ間は娘御たちに裁縫を教え、素朴で親切な村の人々と語らったり、お寺参りをし、み仏の前でお経を唱えることを日課にしておりました。が、よね姫を失ったことはやはり心の打撃となったのでしょうか。翌年、夫の待つあの世へと旅立ったのでした。宇賀野墓戸にわたくしの墓が作られ、「法秀院縁月妙因大姉」の位牌が代々長野家に伝えられております。

わたくしはその後の一豊たちを天空の彼方から見守っているのでしたが、姫を亡くした悲しみから立ち直った千代さんは一豊を励まし、ますますたくましくなっていったようです。一豊はその後、掛川城主、関ヶ原の戦の後には土佐二十万石の大大名となったのでございます。

慶長十年（一六〇五）九月、一豊は急病で六十一年の生涯を終えるのですが、こちらへやってきた息子に向かってわたくしは申しました。

「母の嫁選びは間違ってはおりませんでしたな」

と。すると息子はにやりとして応えたのでございます。

「確かにお母上の眼は曇ってはおりませんでした。しかしながらそれがしは側室を持つこともできませんでした」

と。わたくしはほほと笑い、

「それでよいのです。千代さんはそなたを信頼していたからこそ、あれほどそなたを大切にし、尽くしたのですから」

と申したのです。

千代さんはわたくしどもの亡き後も長野家へ礼を尽くすよう申し渡していたようでございます。土佐藩では代々長野家を優遇し、『長野家由緒書』によれば何代もの間ささやかながら禄を贈っていたようです。「内助の功」などといえば古い、といわれそうですが、夫婦が睦まじく互いに叱咤激励して生きていく姿は気持ちのよいものでございます。

喜八郎は千代と会うことは一度もなかった。が、福田寺でも、大坂城でも千代の噂は何度か耳にしたことがある。

「ご子息の嫁御はなかなか立派なお方であるそうですな」

「はい、それはもう。息子にはもったいない嫁でございます」

住職と法秀院がそんな言葉を交わしていたことがある。だが、千代は一度も福田寺を訪れたことがなかった。福田寺が浅井氏と深い縁のある寺であることを知ってのことか、それとも福田寺とは目と鼻の先にある飯村出身の千代には他にお詣りする寺があったからなのか、いずれとも判断しかねる。

大坂城においても一豊殿の賢妻として千代の名は知られていた。あれは関ヶ原の戦の始まる前である。石田三成が大坂の大名屋敷に残っている奥方に西軍に加わるようにと文を送ったことがあった。山内家からは「主が留守なので決断しかねる」と返書が届いたらしい。喜八郎の三番めの主君、増田長盛がその時、

「山内の奥方はなるほど聞こえし知恵者よ。これは否という返事じゃ」

と苦々しそうに言ったのを覚えている。それからほどなく、

「あの奥方は関東にどうやら密書なるものを送ったようだ。編み笠を被った家臣が朝早く

密かに旅立ったもようだ」

大名屋敷につけられている密偵が長盛に報告するのを聞き、喜八郎は敵ながらあっぱれな女人だと思った。

西軍が敗け、増田長盛が所領を没収されてしまったため、喜八郎はしばらく関ヶ原浪人をせざるをえなかった。その後、丸亀城主の生駒一正に仕えていたのだが、そのころ山内一豊が土佐藩主として土佐にやってきたことを耳にした。喜八郎は一豊の顔を思い浮かべるより先に法秀院の満面の笑みを思い起こした。「千代さんのお陰ですぞ、一豊」。婆さまが生きていたらそう言って喜んだに違いない。

千代（山内一豊の妻・見性院）

若いお方には馴染みの薄い言葉ですが、わたくしは「内助の功」の鑑のようにいわれて参りました。一言でいえば、妻が夫の出世に献身すること、とでも申しましょうか。わたくしの場合は、持参金の小判十両で夫に名馬を買い与え、それがもとで一豊殿はとんとん拍子に出世をし、後に土佐二十万石の大名になった、ということになっています。これに関しては異論もあり、真実はわたくしどものみが知っているのでございます。「内助の功」という言葉もわたくしにはあまり喜ばしい言葉ではありません。一豊殿との二人三脚、あるいはアドバイザー、今風に申せば男女共同参画の第一人者と思っていただければ嬉しゅうございます。

わたくしの父若宮友興ははじめ、京極氏に仕えていましたが、その後、浅井氏に仕え、飯村に館を構えておりました。弘治三年（一五五七）に生まれたわたくしは、うち続く戦乱で十歳の時、父を失い、やがて母も亡くなり、一時、姉夫婦の庇護により暮らしていたのでございます。

永禄年代の後半のころだったでしょうか。隣村の宇賀野に住む山内というお方が裁縫や書を村の娘たちに教えているという噂をわたくしは耳にしたのです。わたくしが即座にその女人のもとに出かけたのはいうまでもありません。ただ教養としてだけでなく、わたくしは生きていく手立てを身につけたかったのです。

お師匠さまは元尾張国の黒田城主山内盛豊殿の奥方であった方で、落城後、ご子息らと宇賀野の長野家に食客として寄宿されているということでした。わたくしはお師匠さまの身の上に親近感を覚え、興味を抱いておりました。そのうちご子息一豊殿のお姿を垣間みることもございました。山岡景隆殿にお仕えになっていたが、今は信長殿の家臣ということです。

ある時、お師匠の法秀院さまが手習いを終え、帰ろうとするわたくしを呼び止め、思いがけないことを申されたのです。

「千代殿、息子一豊の妻になっていただけませぬか」

と。法秀院さまは真剣な眼差しでわたくしを見つめておいでです。この時のわたくしの驚きと喜び、ご想像くださいませ。母を亡くしたわたくしは法秀院さまを母のように慕い、尊敬していました。正直いって一豊殿に惹かれたというより

千代の内助の功で土佐二十万石の大名となった山内一豊
（土佐山内家宝物資料館蔵）

わたくしは法秀院さまに惹かれていたのでございます。

やがて義兄不破殿のもとに牧村政倫《まさとも》殿がお見えになり婚約が整ったのでございます。牧村殿は山内一家が放浪時代に世話になったお方で、一豊殿の親代わりを任じていられるようでした。わたくしは天正元年、一豊殿が近江唐国の四百石の領主となられたのを機に祝言を挙げたのです。法秀院殿は勝気で誇り高いわたくしを気概のある女人として見込まれたのでしょうか。

秀吉殿の麾下《きか》となっていた一豊殿は戦に明け暮れる日々でしたが、わたくしも家でぼんやり過ごすわけには参りません。様々な情報を得たり、貧しい台所事情を少しでも潤そうと野菜を作ったりもしました。

実はこの野菜作りは長浜城のおねさまのもとにご機嫌伺いに参りました時、秀吉殿のお母上が、お城の片隅に菜を植えられているのを見て思いついたのでございます。おねさまは気さくなお方で部下の妻のわたくしを同僚の妻のように接してくださり、わたくしはますますおねさまを尊敬し、親しみを抱くようになりました。

本能寺の変で信長殿が亡くなられた後、秀吉殿の世となり、一豊殿は天正十三年（一五八五）長浜城主となりました。その時の法秀院さまのお喜びをわたくしは今も忘れません。

千代が使ったと伝わる鏡箱（宇賀野長野家蔵）

千代が使ったと伝わる鏡（宇賀野長野家蔵）

「千代殿、そなたのお陰ですぞ。これでわたくしはいつあの世へ逝っても悔いはありません。亡き盛豊殿がどれほどお喜びであろうか」

姑殿はそう申され、わたくしの手を取って感涙を流されるのでした。

あちこちに分散していた山内一族が、弟の康豊殿を初め、長浜城に集い、一豊殿もたいそう心強いご様子でした。六歳になったわたくしどもの一人娘、よね姫も一挙に家族が増えたことが嬉しかったのでしょう。城内を走り回り、従兄たちと興じております。

ところがこの年の十一月二十九日、江北一帯が大地震に見舞われたのです。一豊殿が京都へ出仕していた留守中の出来事でした。崩壊した御殿の上で立つこともできず茫然としていると家臣五藤市左衛門が駈けつけ、姫の安否を気にかけるわたくしに代わって崩れた大屋根を切り開き、よね姫を救い出してくれたのです。だが、市左衛門がしかと抱き抱えていたのはすでに息絶えた姫であったのです。結婚六年めにようやく生まれた一粒種でございます。わたくしも一豊殿も当初、姫の死を信じることができず、魂を失ったような日々を送っていました。法華宗から禅宗に転向し、美濃の瑞龍寺の南化和尚に帰依し、おすがりしたのです。「あの気丈な奥方が」「しっかり者の千代さまがこれほどまでに」と皆からは言われていたようでございます。

一豊・千代が仲良く眠る京都大通院墓所

わたくしどもの悲しみは拾子を育てることによってしだいに癒されるのですが、子の生まれる望みの無くなったわたくしは後継者を真剣に考えねばなりませんでした。拾子、後の湘南《しょうなん》を慈しんでいましたが、拾子を後継ぎにすることはできません。結局、後に掛川時代に生まれた康豊殿の長男忠義を養子に迎えることになるのです。

五年間の長浜城主の後、一豊殿は小田原の陣の戦功によって遠州五万石掛川城主を拝命。長浜も掛川も交通の要所でございます。そうした要地への転封は夫一豊が秀吉殿から信頼されている証でございます。わたくしは今まで以上に夫のよき智恵袋になろうと決意いたしました。とはいえ、一豊殿と一緒に過ごすことは稀で、わたくしは大坂の屋敷にいることが多かったのです。が、離れていてもなすべきことは山とあり、家政はむろん、とりわけ情報の収集には心を配っておりました。

秀吉殿の死により、世は西軍と東軍に二分され、今にも大合戦となりそうな情勢になってきました。そんな折、石田三成殿から「西軍に味方するように」との文が届いたのでございます。わたくしは即座に別に文をしたため、石田殿の文と一緒に後に「笠の緒の文」と呼ばれる密書を関東の一豊殿のもとに送ったのです。夫は家康軍に従い関東の諸川《もろかわ》に在陣していたのです。

近江戦国の女たち——千代

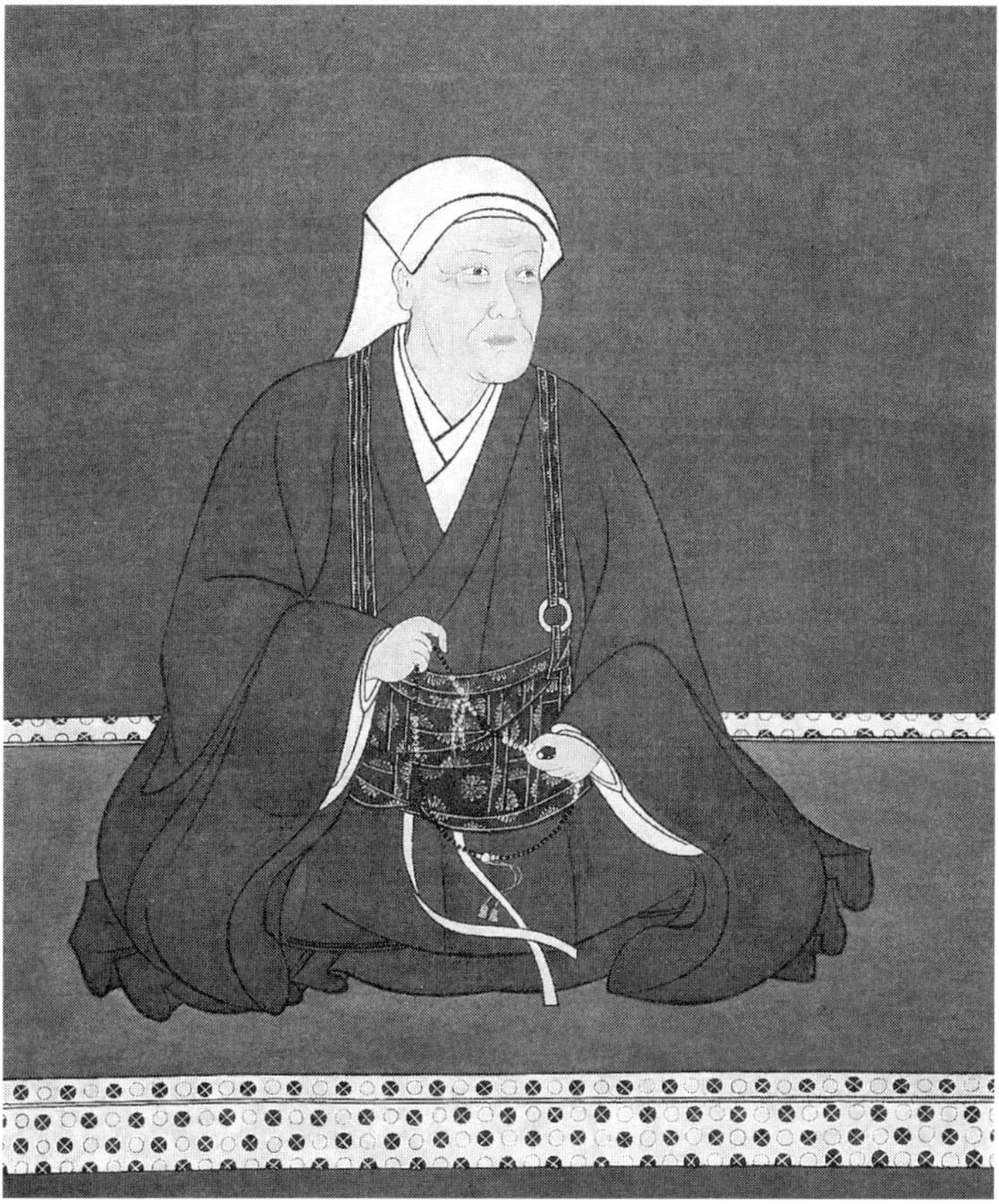

見性院（千代）の画像（土佐山内家宝物資料館蔵）

「わたくしの心配などなさらず、家康殿によくお仕えなさいますように」と、わたくしは文に記したのでした。忠実な家臣、田中孫作が途中山賊に襲われながらも必死の思いで脱出し、一豊殿の陣地に届けてくれたのです。わたくしども夫婦の忠誠を家康殿はことのほかお喜びになり、関ヶ原合戦後の大きな論功行賞に結びついたようでございます。一豊殿は慶長五年（一六〇〇）土佐の大名となり、その五年後にあの世へ旅立たれたのです。家康殿の養女を忠義の正室に迎え婚儀が整った矢先のことでした。

わたくしが第二の人生を歩もうと決意したのはそれからまもなくでございます。親族の慰留を振り切り、土佐を出て京都に参ったのです。京にはおねさまもおいでで、前年、秀吉殿の菩提を弔うために高台寺を建立なさっていました。口さがない者が「淀殿が正室おねさまを大坂城から追い出した」などと申していたようですが、おねさまは淀殿から身を引かれたのではなく、念願であった新たな旅立ちをなされたのです。

おねさまの生きざまは常にわたくしの尊敬するところでございました。おねさまを真似たわけではありませんが、残された時を、誰に左右されることなく、自分流に暮らしたいと思ったのです。それは世をはかなんで隠居生活を送ることとも違い、山内家の安泰を見越した上でのいわば贅沢な選択であったといえるでしょう。

とはいえ、土佐のことは知らない、などとそっぽを向いていたわけではございません。若年の藩主、忠義の表向きの政治や生活態度にはしっかりと目を光らせておりました。時には忠義に次のように訓戒の文を送ることもございます。「さりながらこぞの七月よりのちいままで文を一つたまはり候はず候」などと無沙汰を叱ったり、またときにはおねさまご所望の藤色の山茶花を忠義に依頼したりして甘えもしたのでございます。

『古今和歌集』や『徒然草』を愛読していると法秀院さまのことが思いだされ、宇賀野の長野家で教えを受けていたころが懐かしくなりました。

大坂の陣後、世が元和と変わり、淀殿も秀頼様もお亡くなりになったことを思うと、時の推移を思わざるをえません。そんな時は仏教道歌をしたため、懐かしい人々の追憶に浸ったものです。

元和三年（一六一七）、六十一歳になったわたくしは一豊殿の夢をよく見るようになりました。

「千代、そろそろこちらへきてはどうかな」

と申されるのです。そのお声にはっとして目覚めるのでしたが、それがわたくしの死の予兆であったのかもしれません。病になったわたくしは一時、小康状態を得るのですが、再び病状が悪化、十二月四日、京の桑原町の屋敷で六十一歳の生涯を閉じるのでございます。

「見性院さまとお殿様は享年までご一緒であられる。お仲のよいご夫婦であられること」

侍女たちの申す声が三途の川を渡ろうとするわたくしの耳に聞こえておりました。またわたくしの死を報されたおねさまは
「いかにも千代さまらしい。死出の旅路も一豊殿と同年とは。それにしても秀吉殿はどうしていられるだろう。わたくしを迎えにこようともなさらない。きっとあの世でもたくさんの女人たちに囲まれておいでなのだろう」

わたくしはおねさまのつぶやきを愉快な気分で聞いていたのでございます。

喜八郎はおあんに会ったことはないが、おあんのような女人を何人も知っている。城主の妻や娘ではなく、五百石ほどをあてがわれた主の家族である。それは喜八郎の家族のようでもあった。

喜八郎の出自を知っている者は「世が世なら大将として采配をふるわれたであろうに」といたわしそうに申すが、人の世の栄枯盛衰は今に始まったことではなく、嘆いてどうなるものでもない。喜八郎は大きな戦を経験しながらこうして生きていることを有り難く思う。ましてや庶民のおあんの場合、そんな心境であったに違いない。

過ぎてしまえば昔のことは夢のよう。おあんは周りの子らに自分の凄まじい戦の経験を語ることで、自分の存在を確認したかったのかもしれない。思えばおあんと先に紹介した淀殿の侍女、お菊はよく似ている。二人とも長命を保ち、時代の生き証人となっているのだ。戦場においてだけでなく、死ぬまでたくましく生きた、見上げた女人だと喜八郎は思う。

それに引きかえ、自分はどうであろうか。いやいや、我が生を否定するようなことは口にすまい。京極家の一介の藩士としてではあるが、後々まで浅井の血脈を息づかせることになったのだから。浅井喜八郎がんばれ、そちも捨てたものではないぞ。喜八郎は心の奥の声を聞いた思いだった。人にはそれぞれ天から授かった使命というものがあるのかもしれない。

おあん（石田三成家臣の娘）

わたしの父は山田去暦といって石田三成殿に仕える家臣でござった。大名や大将ではなく、日々、生活に事欠く庶民の娘。とはいっても父の月収は平成の世に換算すると百五十万ほどであろうか。それならたいそう高級取りではないか、と思われるでしょう。ところが食事は朝夕二食で雑炊ばかり食べていたのですよ。三百石ほどの準中級武士になると家来も持たねばならず、父は槍持ちや馬の口取りといった中間《ちゅうげん》、小者《こもの》を五、六人抱えていたのです。

ときおり例外もござった。わたしの兄さんが山へ鉄砲うちに行くときです。その日だけは昼の弁当ようにと菜飯が炊かれ、わたしたちもお相伴することができました。それゆえ、わたしは「兄さん、鉄砲うちに行きなされ」とたびたびすすめたものです。

着るものもまた然り。わたしは娘心を満足させるどころか着たきり雀だったのです。十三のとき、自分で作った帷子一枚を十七の歳まできていました。せめてすねの隠れるほどの帷子一つ、欲しや、と思ったものです。京の雅やかな着物は夢の夢でした。お殿様の奥方もわたしたちほどではありませんが、華美な身なりをなさっていたわけではありません。お殿様の三成殿は質素を旨となされ、城内もたいそうつつましくしつらえてありました。

さて、慶長五年（一六〇〇）、天下分け目の関ヶ原の戦いの火蓋がきられようとしていたときのことです。お城には武士だけでなくわたしたち家族も集まっていました。一家して戦いに馳せ参じたのです。お殿様の一大事には家臣の家族も結束して準戦闘員としてかりだされるのです。

怪我人の看護もありますが、まずわたしたちは天守閣で鉄砲玉作りをするのでした。母さんのお腹にはややがいるのですが、大きな腹を突き出し、負けじとがんばっています。わたしは途中で生まれてきたらどうしようと気が気ではありません。

武士の娘とはいえ、やはり戦は恐ろしいものです。弾丸をこめて放つ味方の大砲、石火矢《いしびや》に仰天してしまいました。石火矢をうつと、城の櫓《やぐら》もゆらゆらと動き、地も裂けるほどのすさまじい音がして、気の弱い女人などは即座に目を回してしまいます。だから敵陣に石火矢を放つときは「うつぞ、うつぞ」と城中を触れ回る者がいたのです。稲光がしてからのち、雷が鳴るのを待つような心持ちでした。わたしは石火矢が大音響をたてるたびに母さんのおおきなお腹に目をやったものです。初めは恐ろしや、恐ろしやと思ってばかりいましたが、のちのちはどうということもなくなってきます。さらに恐ろしいことにはわたしたちは首化粧をさせられるのです。味方の取った首を天守閣に集め、それぞれ名札をつけて覚えておき、それにたびたびお歯黒をつけるのです。

「首も恐いものではありませぬ。その首どもの血生臭い中に寝たものでおじゃった」と後によくわたしは孫どもに聞かせてやりました。生きるか死ぬかの瀬戸際には人間、なんでもできるものです。それがまた恐ろしくもあるのですが。

お歯黒をつけてくれと頼まれたのは少しでも多く褒美をもらうための工作でした。なぜなら、お歯黒のついた武士は身分が高かったからです。いかにも計算高いとお笑いくださるな。少しでも暮らしをよくし、家族を楽にさせたいという武士のせつない願いなのですから。

わたしの父は初め、佐和山城にいましたが、お殿様に従い、大垣城に進軍し、お城を守っていました。徳川軍の攻撃が激しく、誰の目にも落城まじかなのがわかりました。徳川方の開城の説得工作も行われていたようです。そんなとき、父

佐和山城落城図（龍潭寺蔵）

のもとに矢文が届いたのです。「去暦は家康様のお手習いの師匠をされた縁のあるものゆえ、城を逃れたければお助けになるであろう」と記されていました。

　明日にも殺されることを覚悟していた父はこの矢文を天の助けと思ったようです。密かに天守閣にやってきてわたしたちを手招きし、城からの脱出を決意したのです。北の塀のわきから梯子《はしご》をかけ、吊り縄で下に吊り下げ、堀ぎわまで下りて、たらいにに乗って堀を渡ったのです。

　両親、わたし、古くからの家来を含めて七人でした。悲しいことにわたしの弟はわたしの眼の前で鉄砲玉に当たって亡くなってしまいました。兄さんは恐らく城内に残り、最後まで戦って討ち死にしたのだと思います。

　ところが、五、六町（五、六百メートル）ほど北へ行ったとき、思わぬことが起こったのです。母さんが産気づいたのです。そうこうしているうちに赤子は生まれ、家来が女児に田の水で産湯を使い、着物の端にくるんで急ぎ逃げました。一方、疲労でぐったりとなった母さんを父さんが引っ担ぎ、走りに走りました。こうしてやっとの思いで青野ヶ原の方へ落ちのびていったのです。

　その後、父さんは浪人して親戚の山田喜助を頼って土佐に下りました。わたしは雨森儀衛門に嫁ぎ、夫の死後、土佐に行き甥の喜助に養われたのです。子のないわたしはそうせざるをえませんでした。

首化粧をしているようす（『おあん物語』より）

わたしが土佐に参ったときは、もはや太平の世でした。子らにとって戦国の世は遠い昔の話。

「おあんさま、彦根の話をしてくだされ」

子らはわたしにたびたび催促するのです。わたしは

「はいはい」

と言い、ときには声音を変えてあたかも戦場にいるように話をするのです。

一生懸命、話に耳を傾ける子たちですが、わたしの話はあくまでも昔話で、子らには物語を聞くようなものだったのでしょう。教訓のつもりで話したことが何の教訓にもなりません。生死の瀬戸際をくぐってきたわたしの若いころを思うと、今の子供たちははがゆくてなりません。それでわたしはつい

「今どきの若い衆は、衣類に凝って夢中になり、金を使い、食物にもいろいろぜいたくをいわれる。とんでもないことじゃ」

と話の終わりに言ってしまうのでした。そのため、わたしは〝彦根ばば〟とあだ名されてしまいました。

八十余歳という天寿をまっとうしたわたしですが、いつのまにかどうも話の中身を混同してしまうことがあったようです。そのため子らはよく

「おあんさま、今の話は大垣城でのこと、それとも佐和山城でのことでござるか」

おあんが、両親とともに天守閣で鉄砲の玉作りをした佐和山城の本丸跡

と申しますので、わたしはめんどうになり、

「どちらでもよろし。戦はどこでもよく似たものでおじゃった」

と応えるのでした。

追伸
今の世、佐和山城には石垣がわずかに残るだけです。一方大垣城は再建され、「おあんの松」などとわたしの名のついた松が天守閣の西側に残されているのにはびっくりしてしまいました。わたしは遠い彼方から、天守閣から壕に下りるとき足場に使った松を懐かしく眺めています。もちろんその松は当時のものではなく、二代目植え継ぎということですが。佐和山城も大垣城も父が戦い、そして兄弟が戦死した城です。わたしにとってどの城で戦ったのかは問題ではありません。どうか後の世の皆さま、庶民の女のたくましさをお忘れなきようお願いいたします。

おねはからっとした性格で大変率直な人だった。大坂の城で初めて会った時、

「まあ、そなたが万寿丸殿か。いやそれは今までの呼び名で、喜八郎と名のられるのであったな」

そう言い、喜八郎の伸び始めた頭の毛を見て、くっくと笑った。

目線を下げた喜八郎に目ざとく気づき、

「ごめんなされ、お許しくだされよ。伸びかけた頭が愛らしい雛鳥のように思えての」

ほんのり頬を染めた喜八郎がおねの顔を見上げると安心したのか、おねは再び笑った。

「その髪が伸びるまで城内でゆっくりしてなされ。そのうち、亀岡から於次丸の家臣が迎えにくるであろう」

おねの側にいた秀吉はそう言い、側近が呼びにきたのを機に慌ただしそうに去っていった。

「喜八郎殿は何がお好きじゃ。大坂には何でもありますぞ。近江もよいところであったが、大坂もなかなかよい。これからこの城ももっと大きくなさるそうじゃ」

「長浜のお城も大きいと思いましたが、この城はもっともっと大きくなるのでありますか」

目をくりくりさせる喜八郎をおねは愉快そうに見つめていた。今から思えば大坂城は本丸

は完成したもののまだ築城半ばであったのだろう。

関ヶ原の戦い後、おねと会ったことはない。とはいえ、おねの消息は人づてに聞いていた。大坂方として戦った喜八郎にはおねと家康が昵懇《じっこん》であるというのはあまり嬉しいことではなかったが、どういうわけか、おねは嫌いになれない。

寛永元年（一五九六）、おねは大往生を遂げた。たまたま江戸屋敷から小浜に帰っていた姉常高院は
「おねさまは大変立派な方であられた。ただ一つだけわたくしにはもの申したいことがある。それは大坂の陣の際、ともに和議の使者に立っていただきたかったことだ。そうすればもう少し事情が変わっていたかもしれない」

喜八郎は姉の言葉に納得した。もしかするとその思いは淀殿の思いでもあったかもしれない。おねにとって秀吉あっての豊臣家であり、秀吉亡きあとの豊臣家は執着するほどのものではなかったのだろうか。

「秀吉一代で築いたものは一代で終わってよろしいじゃありませんか」

喜八郎の耳にあっけらかんとしたおねの声が聞こえてきそうな気がする。喜八郎は実子のないおねの心中も、秀頼を守って徳川にとことん対抗した淀殿の思いもわかる気がするのだった。

北政所おね（秀吉の正室・寧々）

わたくしは「才色兼備で賢妻であった」と今なおありがたい評価をいただいているようですが、一つだけ申しておきたいことがあります。それは淀殿との関係でございます。二人の間に女の戦が続いたなどと、まことしやかに申す者もあり、また江戸期には「黒百合の話」のようにそうした作り話が書かれもしたようです。が、わたくしと淀殿とはあくまでも正室と側室の間柄、互いの立場を尊重して暮らしておりました。もっとも年齢も隔たり、親密な関係とは申せませんでした。

むしろ、わたくしが嫉妬に苦しみましたのは秀吉殿が長浜城主になられた前後でございます。主君信長殿に「藤吉郎の浮気を諫めていただきたい」などといった文を遣わしたり、側室の南殿に石松丸秀勝殿が生まれると、恐ろしいことにわたくしは、赤子が死んでしまえばよい、などと密かに鬼の心を抱いたりもしたのです。

美しい小袖などほしくない、もう一度、あの貧しくとも仲睦まじかった茅葺き長屋時代に戻りたいと、尾張の新妻時代を懐かしんだものです。永禄四年（一五六一）藤吉郎殿二十六歳、わたくしは十四歳、ほんとうに初々しい花嫁でしたよ。藤吉郎殿もそれはもう大切にしてくださり、浅野の両親の反対を押し切って結婚したことを少しも悔いてはおりませんでした。

信長様が明智殿の急襲で本能寺でお亡くなりになってからというもの、秀吉殿はあれよあれよというまに天下取りになられ、わたくしも正室としての自覚が出てきたように思います。側近の孝蔵主《こうぞうす》がよく働いてくれていますが、やはり城内の安全や女人を束ねる最高責任者はわたくしでございます。

秀吉殿は遠い戦場においてもたびたび文を遣わし、家族の安否や城内の火の用心、侍女たちの風紀に乱れがないようにと、したためておいででした。秀吉殿の文は直筆だけでも百二十通以上あり、わたくし宛てのものもたくさんございます。あまたの側室はいましたが、「そもじのみは、別の別」だとか、「そもじに続き候ては、淀の者、我等の気に合い候ように」などとわたくしを立てながら、実はわたくしから淀殿へ小田原陣中に呼び寄せる役を申しつけたのでございますよ。あのお方は実に人あしらいが上手でわたくしはいつしか嫉妬心というものが薄れていき、豊臣家を守り立てていくためにすべての力を注ぐようになっていったのです。

しかしながら長浜城でのわたくしはまだ正室としての心構えに欠け、子を成した南殿にたいそう妬ましい気持ちを抱いておりました。そのせいもあったのか、石松丸君は五歳で病死してしまい、妙法寺に葬られたのでございます。「わたくしも若君と一緒に」と幼子の棺のかたわらから動こうとしない南殿を見て、わたくしは子を亡くした母の悲嘆を思い知らされ、我が罪業の深さを痛感したのです。

南殿が石松丸君と天正四年（一五七六）四月、竹生島に行く末を願い参られたにも関わらず、半年後の十月十四日、石松丸君はあの世の人となってしまったのです。わたくしが前田利家殿とまつさまのお子、豪姫を養女にもらいました理由の一つにわたくしの中に子を持たない女の冷たさが巣食っていることを思い知ったからでございます。もっとも姫を養女にしたのは石松丸存命のころですが。

本能寺の変では明智殿の軍勢に攻められ、おかかさまを連れ、伊吹山中に逃れたり、長浜時代はわたくしにとってあまりよい思い出はございません。が、わたくしは長浜の衆には感謝しております。妙法寺や知善院など城下の寺々で石松丸君は本光院朝覚居士として手厚く祀られているのですから。

秀吉殿は本当にわたくしを大切にしてくださいました。世の人はあのお方を色好みと申したりしますが、正室にも側室にも細やかな心配りをなされ、京極竜子さまや淀殿も本来なら敵である秀吉殿をいつしか頼られるようになっていったのです。

あとで読み返せば頬がぽうっとするような文をこのわたくしにもおことづけになりましたし、病の時は「大便に少しおり候はばようく候はん。下くだし少し指し候はにゃ」などと下剤を飲むように指示なされたり、いたれりつくせりなのです。わたくしはいつしか賢妻となるよう秀吉殿に仕向けられてしまったのかもしれません。

淀殿の二度めの懐妊がわかったときも秀吉殿はわたくしに次のような文をくださったのですよ。

「…大かうこは、つるまつにて候つるか、よそへこし候まゝ、にのまる殿はかりのこにてよく候はんや」

わたくしは思わず笑ってしまいました。太閤様のお子は亡くなった鶴松君だけで今度のお子は淀殿だけのお子であるぞ、ですって。いかにもあのお方らしいわたくしを傷つけまいとする文面ですが、あまりにも子供じみているではございませんか。

秀吉がはじめて城主となった長浜城。昭和58年に再興され、現在は長浜城歴史博物館として湖北一帯の歴史文化を紹介している

秀吉殿の最後の宴ともなるかの有名な「醍醐の花見」では正室としてのわたくしを重んじ、女たちの一番初めにわたくしをお籠に乗せてくださいました。公私にわたって秀吉殿はわたくしを大切になさったのですからわたくしには何の不満もございません。むしろわたくしの方に悔いが残るのです。

と申しますのは、秀吉殿がお亡くなりになってからのことです。淀殿は太閤の遺言通り、秀頼君とともに伏見城から大坂城に入られ、わたくしは秀吉殿の菩提を弔うために剃髪して京に住むようになったのですが、やがて関ヶ原の合戦となります。この時、わたくしは西軍の石田三成側でなく家康殿に味方しました。三成には天下を収める器量がないと判断したからです。

戦国の世を生き抜いてきたわたくしはもう戦はこりごりでございました。五大老の筆頭であった家康殿を信頼し、秀頼殿が成人なされるまではあのお方に政治を預けるのが得策だと考えたのです。もし関ヶ原の戦の前、わたくしが子飼いの大名、福島正則や加藤清正たちに西軍につくよう説いたならあの御仁たちはそうしたかもしれません。

世の人はわたくしのとった態度を「淀殿憎さのゆえ」と申す者もいるようですが、決してそんなことはございません。秀頼君が天然痘にかかり生死をさまよわれた時もわたくしは幾夜も快癒を願い祈り続けましたし、霊顕あらたかな寺社に

長浜市妙法寺境内の奥にあった秀勝の墓所が現在地に移転されたと伝わるが、発掘調査の結果では安土桃山時代の大名家のもので「朝覚」の墓と判明した（長浜城歴史博物館提供）

祈祷をも命じました。慶長十三年（一六〇八）三月三日、わたくしは秀頼殿の治療にあたっていた名医曲直瀬道三《まなせどうさん》に容態のことが気がかりで文を送ったのですが、これには淀殿もたいそう感謝なされたということでございます。

秀頼殿の恢復を知らされた時は涙が溢れ出てきました。もし病死などさせればあの世の秀吉殿はどれほどお怒りでしょう。お亡くなりになるまで拾、拾と若君がいなければ夜も日も明けないという有様でございましたから。

わたくしの生涯の大きな失敗、それは家康殿を信頼しすぎたことです。わたくしが家康殿の本心を見せつけられたのは秀忠殿が二代目将軍におなりになるという噂を耳にしたときでございます。わたくしは愕然とし、事の重大さに身震いいたしました。自分のとった態度は間違いであったのか。家康殿はわたくしの思うほど甘いお方ではなかったのです。

けれども「時、すでに遅し」で大名たちの多くは徳川方になびいております。わたくしは、烈火のごとく怒り、眼前に仁王立ちした秀吉殿の夢を毎夜見ました。が、どうすることもできません。ましてや大坂方は、家康殿に高台寺を建立してもらい寺領までもらっているわたくしを完全に家康方だと思っています。

今、わたくしにできることは何か、わたくしは熟慮の末、豊臣家存続のため秀

近江戦国の女たち——北政所おね

おねの肖像画（高台寺蔵）

頼殿に一大名となるよう勧めたのです。誇り高い淀殿のこと、ご承知にならないかもしれない、と案じてはおりましたが。

やがて大坂冬の陣、その半年後に夏の陣。淀殿の妹御、常高院殿（京極初）が和議のために奔走なされたのですが、家康殿の野望を阻止することはできませんでした。淀殿も秀頼殿も家康殿の心の内をお見通しで、生恥をさらしてまで生きたくないと思われたのでしょう。秀忠殿と小督さまの間の姫、千姫さまが秀頼殿の正室として大坂城に参られていたのですが、徳川と豊臣の橋渡しにはなれなかったのです。

元和元年（一六一五）、落城する大坂の城を瞼に浮かべながらわたくしはひたすら経を唱えておりました。が、炎の中に現れたのは淀殿や秀頼殿ではなく、秀吉殿でございました。初めは恐い顔でわたくしを睨みつけていた秀吉殿がいつしかサル、サルと呼ばれたころの剽軽《ひょうきん》な笑顔でわたくしを見つめておいでです。

「秀頼に後を継いでもらいたかった。五大老、五奉行に遺言状までしたためたのだが…、無念でならぬ。しかしながらおね、これでいいのじゃ。時の力というものには勝てない。わしが信長殿に代わって天下をとった時のことを思えば…」

わたくしは思わず声明《しょうみょう》を止め、仏壇の灯明に秀吉殿の面影を見いだそうとしていたのです。

わたくしのせめてもの慰めは、豊国大明神の神号を奪い、神社を何度も破壊した徳川殿に対して直訴によってようやく豊国神社と廟を残させたことです。

追伸

京の高台寺で寛永元年（一六二四）七十七歳の大往生を遂げて以来、わたくしは彼方からずっと懐かしい近江の地を見続けております。昭和五十八年、長浜城が歴史博物館として再興されたことも、平成十五年、長浜の妙法寺で石松丸秀勝君の墓が発掘され、ようやくあの愛らしい貴公子のような若君が歴史上の人物であったことが認められたことも。わたくしはどれほど嬉しく思いましたことか。四月になると長浜曳山祭りの子供歌舞伎を秀吉殿とわたくしはとても楽しみにしているのでございますよ。思えばあのお祭りは石松丸君の誕生を祝って秀吉殿が町民に金子を振る舞われたのですが、それを基金にして始まったのでした。

（完）

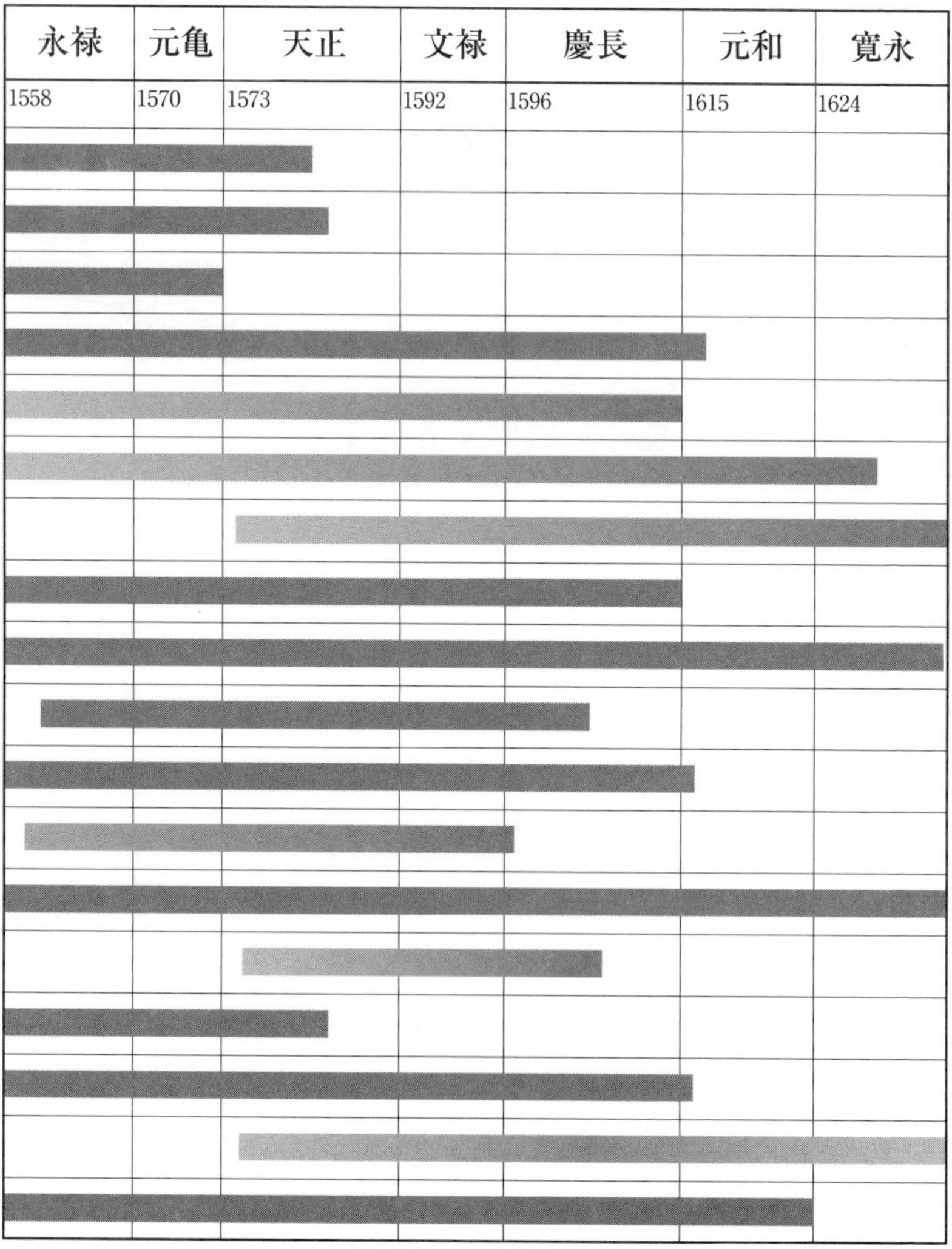

※？は定説がないことを意味する。

登場人物の年譜

年代／人名	生没年	大永 1521	天文 1532	弘治 1555
お市の方	？ ～1583			
見久尼 (長政の異腹の姉)	？ ～1585			
井口殿 (長政の母)	？ ～1573			
京極マリア (長政の姉)	？ ～1618			
淀殿	？ ～1615			
京極初 (常高院)	？ ～1633			
お菊 (淀殿の侍女)	？ ～1679			
大蔵卿局 (淀殿の乳母)	？ ～1615			
松の丸殿 (京極竜子)	？ ～1634			
細川ガラシャ	1563～1600			
お鍋の方 (信長の側室)	？ ～1612			
一の台 (秀次の正室)	？ ～1595			
冬姫 (蒲生氏郷の正室)	？ ～1641			
三の丸殿 (秀吉の側室)	？ ～1603			
法秀院 (一豊の母)	？ ～1586			
千代 (一豊の妻・見性院)	1557～1617			
おあん (石田三成家臣の娘)	？			
北政所おね	？ ～1624			

著者略歴

畑　　裕　子（はた　ゆうこ）

京都府生まれ。奈良女子大学文学部国文科卒業。公立中学で国語教師を11年務める。京都市内から滋賀県蒲生郡竜王町に転居。

「天上の鼓」などで滋賀県芸術祭賞。「面・変幻」で第５回朝日新人文学賞。「姥が宿」で第41回地上文学賞。滋賀県文化奨励賞受賞。

著書に『面・変幻』（朝日新聞出版）、『椰子の家』（素人社）、『近江百人一首を歩く』『源氏物語の近江を歩く』『天上の鼓』『花々の系譜　浅井三姉妹物語』（以上サンライズ出版）。日本ペンクラブ会員。

近江戦国《おうみせんごく》の女《おんな》たち

2005年12月１日　初版第１刷発行
2010年３月15日　初版第２刷発行

著　者　畑《はた》　裕《ゆう》　子《こ》

発行者　岩　根　順　子

発行所　サンライズ出版株式会社
滋賀県彦根市鳥居本町655-1
☎0749-22-0627　〒522-0004

印刷・製本　P-NET信州

ISBN978-4-88325-289-3 C0093